Les lames de fond se rapprochent

Jacques de Larosière

Les lames de fond se rapprochent

Odile Jacob

15, rue Soufflot, 75005 Paris

www.odilejacob.fr

ISBN : 978-2-7381-3869-9

Introduction

On se plaît souvent à croire que les tendances structurelles qui déterminent l'avenir de nos sociétés se manifestent sur la très longue durée. Cette perspective donne un prétexte aux politiques pour différer les mesures à prendre. C'est un peu l'attitude du roi Louis XV : « Après moi, le déluge. » En fait, le déluge est pour demain quand il n'est pas là aujourd'hui.

Tel est le thème de ce livre : un certain nombre de phénomènes structurels ont déjà atteint le point de non-retour. Ils sont là. Ils s'aggravent à une vitesse qu'on n'imaginait pas lorsqu'on se plaisait à les considérer comme faisant partie du très long terme. Ils ont commencé à bouleverser nos certitudes, nos habitudes, nos modes de vie. Ils font déjà craquer nombre d'équilibres institutionnels que nous avions tendance à croire immuables.

Ces mutations sont à l'œuvre et leur déroulement s'inscrit dans une perspective de dix à trente ans, ce qui est extrêmement court quand on considère l'avenir d'une société humaine.

J'ai donc pensé utile d'évoquer certains de ces phénomènes en les intégrant dans une perspective globale.

En effet, il ne s'agit pas seulement d'évolutions particulières dont chacune aurait une nature, une portée et une discipline propres.

En réalité, ces changements structurels sont le plus souvent étroitement liés. De ce fait, on ne pourra y faire face qu'en comprenant la cohérence du tableau d'ensemble. Sinon, les mesures proposées risqueraient d'être disparates, de privilégier certains axes au détriment d'autres jugés, parfois à tort, comme secondaires. L'arbitrage fragmenté et irrationnel qui préside souvent aux réformes structurelles est un des dangers les plus sérieux de ce genre d'exercice.

*

Le but de ce petit livre est donc de réfléchir à ces « lames de fond » et d'essayer de comprendre leurs conséquences. Il est aussi de suggérer quelques pistes d'action qui permettraient à nos sociétés de s'adapter au mieux – ou le moins mal possible – à ces nouvelles réalités.

*

Cet essai est ambitieux car il touche à de nombreuses disciplines dont je suis loin d'être un spécialiste. Ni la démographie, ni les causes du ralentissement de la croissance économique, ni l'environnement, ni les mutations technologiques récentes ne sont de mon domaine de compétence ou d'expérience.

Tout en étant conscient de ces lacunes, je crois néanmoins utile d'entreprendre cette réflexion. En effet, le sujet est d'une importance majeure : les « lames de fond » sont en train de déterminer l'avenir du monde dans lequel nous vivons. Ce qui compte, à mon sens, est moins la précision ou l'exhaustivité de l'information sectorielle évoquée que la recherche du « liant » – souvent déjà en voie de désagrégation – qui retient l'ensemble des éléments structurels qui constituent les bases d'une société.

*

Ce livre est un cri d'alarme dont l'urgence est à la mesure de la gravité de certains des phénomènes irréversibles – mais traitables – que je vais évoquer dans les pages qui vont suivre.

*

Je voudrais remercier ici Odile Jacob, qui m'a encouragé à mener à bien ce projet auquel elle a porté un intérêt personnel, attentif et enthousiaste.

Ma reconnaissance va aussi à mon ami Didier Cahen qui, une fois de plus, m'a prodigué idées, remarques et conseils. Son aide m'a été précieuse.

CHAPITRE I

Le vieillissement démographique nous rattrape à grands pas

Le vieillissement démographique est une donnée universelle

On a parfois la double tentation de considérer les problèmes démographiques comme fondamentaux pour l'avenir de nos sociétés, mais aussi comme très éloignés dans le temps.

En fait, ces problèmes sont à notre porte.

Nous savons tous que nos sociétés sont entrées dans ce que l'on appelle la « transition démographique ». Celle-ci est caractérisée par la baisse du taux de fécondité et du taux de mortalité et résulte dans la hausse de l'« espérance de vie » et le vieillissement de la population.

Ce phénomène a une portée générale mais frappe plus particulièrement l'Europe (sans parler du Japon).

Le vieillissement est un phénomène mondial

Pour le monde entier, le pourcentage des plus de 60 ans augmente fortement. Pour les pays développés (voir graphique 1), il est en train de passer de 19 % en 1996 à 31 % en 2030. Mais le vieillissement est beaucoup plus marqué en Europe.

Il en résulte que, par rapport au total mondial, la population européenne en âge de travailler continuera à diminuer (elle va passer de 11,5 à 6,4 % en 2050, c'est-à-dire demain).

Nous assistons, de ce fait, à l'affaiblissement de l'Europe et de son influence dans le monde.

Graphique 1. Population de plus de 60 ans (en %)

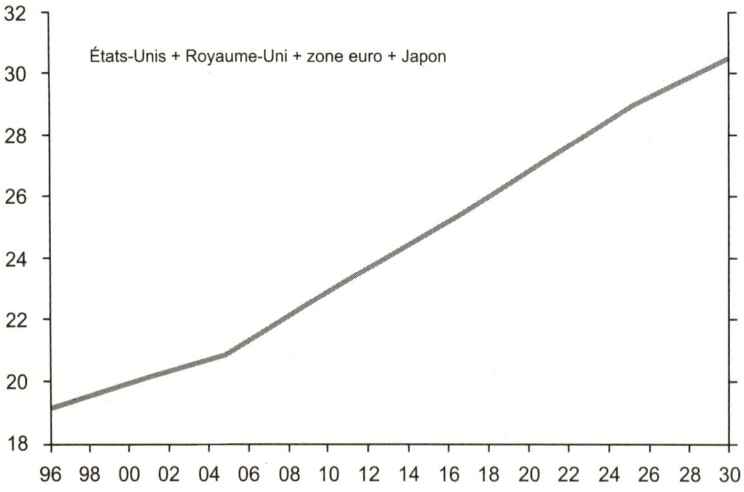

Source : ONU, Natixis.

La population mondiale vieillit très vite.

Ce vieillissement, très rapide, prend en Europe une dimension particulière

On considère que le rapport : retraités/actifs est en train de doubler d'ici 2050 en Europe pour atteindre en moyenne 0,74.

La Commission européenne estime qu'entre 2010 et 2050 la population active de l'Union diminuera de 48 millions alors que la population âgée augmentera de 58 millions.

Quelques aperçus géographiques de ce phénomène :

- *L'Allemagne* : son taux de fécondité est faible (environ 1,40 enfant par femme). Sa population pourrait passer de 81 millions aujourd'hui à 65-70 millions en 2050 (70 millions en cas de solde migratoire de plus de 200 000 personnes par an).
- *Espagne* : le taux de fécondité, encore très élevé en 1980 (2,2 enfants par femme), a chuté depuis pour atteindre environ 1,40. Le vieillissement est rapide et inexorable : en 2050, la moitié de la population aura plus de 55 ans.
- *France* : notre taux de fécondité est élevé (près de 2 enfants par femme) et, de ce fait, la France pourrait devenir le pays le plus peuplé d'Europe avec 75 millions d'habitants en 2050. Mais le vieillissement nous affecte aussi.

La pyramide des âges (structure de la population par âges) des pays développés change rapidement de forme

La répartition des différentes tranches d'âge de la population européenne pouvait encore, en 1950, être représentée par une « pyramide » avec une base large pour les classes jeunes et une montée graduelle vers la pointe pour les classes plus âgées. Aujourd'hui, il n'en est plus ainsi : la base s'est rétrécie avec un renflement de la tranche des 40 ans.

En 2050, ce ne sera plus du tout une pyramide, mais plutôt un tronc d'arbre vertical avec un renflement vers 60 ans.

L'espérance de vie en Europe, qui était de 65 ans en 1950, est aujourd'hui de 75 ans et devrait dépasser 80 ans en 2050.

Les effets économiques de ce vieillissement sans précédent sont considérables

LE POIDS CROISSANT DES RETRAITES

Alors que la population active est en train de se stabiliser, la population âgée augmente fortement.

En Europe il y avait :

– 20 retraités pour 100 actifs en 1950, soit : 5 actifs pour 1 retraité ;

– 32 retraités pour 100 actifs en 2000, soit 3 actifs pour 1 retraité ;
– 56 retraités pour 100 actifs en 2015, soit 1,8 actif pour 1 retraité.

Et on prévoit :
– 74 retraités pour 100 actifs en 2050, soit 1,3 actif pour 1 retraité (ces chiffres sont voisins de ceux de la France).

Or si l'on voulait assurer aux retraités 50 % de leur revenu brut d'activité dans un système de répartition, les cotisations pourraient être contenues à 12,5 % des revenus s'il y avait 4 actifs pour 1 retraité.

Mais s'il n'y a plus que 2 actifs par retraité, voire moins, la cotisation de retraite devrait doubler et dépasser 25 à 30 % du revenu, ce qui poserait un problème majeur. Or c'est cela qui est en train de se produire. La dégradation des systèmes de retraite est inévitable. C'est là – et pour demain – une source de tensions intergénérationnelles que nos sociétés ne sauraient esquiver.

Le sujet est mondial.

Ainsi, il est saisissant de constater qu'en 1986, 69 % des retraités américains étaient capables de maintenir leur niveau de vie d'avant le départ en retraite. En 2013, ce pourcentage est tombé à 48 %. En 2034 la prévision est de 32 %.

On considère qu'aux États-Unis :

• Le déficit général des systèmes de retraite atteint 4 trillions de dollars. La faiblesse des taux d'intérêt nés de la politique monétaire ultra-accommodante a contribué à déséquilibrer les bilans des fonds de pension entre les avoirs placés à des taux se rapprochant de 0 et les engagements garantis vis-à-vis des retraités.

• En 2050, 25 millions d'Américains aborderont leur retraite dans un état de pauvreté, faute d'avoir constitué, par leur épargne, des compléments de pension (aujourd'hui, on estime qu'un tiers des futurs retraités n'a mis en place aucune solution individuelle additionnelle au régime général).

Le sujet est à traiter et non à différer. Le recul de l'âge de la retraite et la promotion de systèmes complémentaires d'épargne-retraite sont, évidemment, les pistes à suivre. On y reviendra au dernier chapitre.

L'EFFET DU VIEILLISSEMENT SUR L'INNOVATION

Le nombre des « jeunes actifs » (25 à 44 ans) devient inférieur à celui des actifs plus âgés (45-55 ans). L'effet négatif de ce changement sur l'innovation et sur la diffusion des nouvelles technologies est significatif, comme le montrent l'exemple du Japon et des travaux récents de la littérature économique.

L'EFFET DU VIEILLISSEMENT SUR LA CAPACITÉ À PRENDRE DES RISQUES

Bien que l'effet du vieillissement sur l'épargne soit l'objet de discussions, il ressort de l'observation que le vieillissement accentue l'aversion au risque des épargnants, particulièrement en Europe.

L'EFFET DU VIEILLISSEMENT SUR LES FINANCES PUBLIQUES

Le vieillissement se traduit pas un alourdissement des dépenses de santé, de retraite, et une aggravation de la dépendance.

Il suffit d'évoquer les 800 000 personnes atteintes de la maladie d'Alzheimer aujourd'hui en France et l'accroissement prévu de ce chiffre à raison de 100 000 par an pour avoir une idée des coûts à venir (face aux 800 000 personnes évoquées, il n'existe actuellement que 20 000 places en hébergement temporaire ou en hôpital de jour).

*

• Il ressort de ces brèves constatations qu'il convient, avant de discuter des mesures et des réformes précises, de poser d'abord un diagnostic sincère et honnête.
• Ensuite, de ne pas laisser croire que les problèmes se régleront d'eux-mêmes au gré de la facilité monétaire et de l'endettement.
• Enfin, de traiter les questions de manière rationnelle et pragmatique (on reviendra sur ces points à la fin de l'essai).

Certains pourraient être tentés de demeurer passifs face à ces évolutions.

Ce serait là une attitude irresponsable. Le rôle des politiques est, au contraire, de préparer nos concitoyens à ces changements et de débattre, suffisamment tôt, des meilleurs moyens à mettre en œuvre pour en limiter les effets négatifs.

Si la passivité continuait à s'exercer, deux risques majeurs se présenteraient :

- ou la continuation d'une dégradation inévitable et socialement inéquitable de nos conditions et standards de vie, dans un contexte de relations intergénérationnelles difficiles ;
- ou des réactions brutales de rejet et de remise en cause violentes des appareils politiques existants.

CHAPITRE II

La mondialisation s'accompagne d'inégalités croissantes

Rappelons d'abord quelques données élémentaires pour mieux comprendre cette question importante et complexe.

D'une manière générale, la mondialisation a permis de réduire les inégalités *entre les pays* du fait du rattrapage économique des pays émergents (Chine, Inde notamment).

Mais les inégalités *internes* – au sein des différents pays – se sont accentuées.

Les inégalités entre les nations ont décru

Après deux siècles de hausse continue, l'inégalité des niveaux de vie *entre pays* commence à décroître depuis quatre décennies (voir graphique 2).

- On vivait en moyenne 20 fois mieux en France et en Allemagne qu'en Chine ou en Inde il y a vingt ans.
- Aujourd'hui l'écart a diminué de moitié.

Graphique 2. L'inégalité globale de revenus entre pays (1950-2013) a considérablement diminué

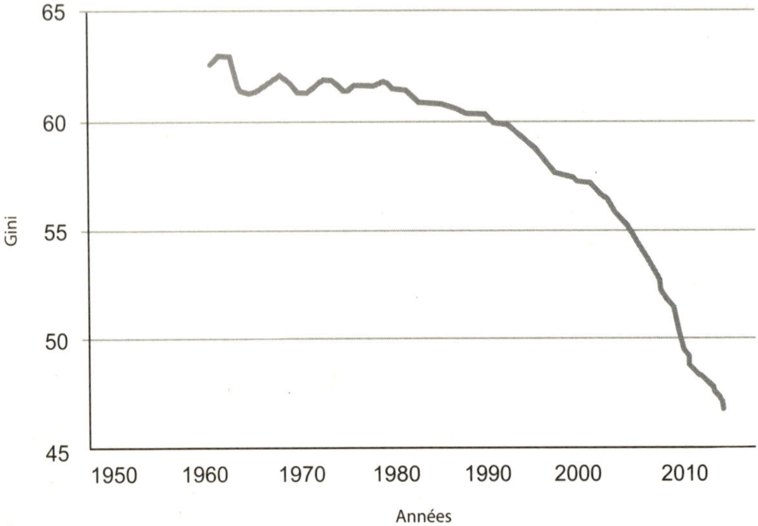

Source : Branko Milanovic.
Pondéré en fonction des populations.

L'expansion des échanges internationaux, la mobilité du capital et de la main-d'œuvre, la diffusion des innovations technologiques sont en train de combler peu à peu le fossé entre pays riches et pays émergents.

Des populations de pays encore considérés comme « pauvres » mais qui ont pu profiter de l'ouverture du commerce mondial ont vu leur niveau de vie s'élever considérablement. La Banque mondiale a calculé que le nombre de personnes vivant avec moins de 1 dollar par jour a chuté de 400 millions entre 1980 et aujourd'hui. Plusieurs centaines de millions d'individus sont ainsi sortis de l'extrême pauvreté.

Rappelons les chiffres de 1988 à 2008 (période de la « mondialisation triomphante ») tels qu'ils résultent des travaux de l'expert reconnu, Branko Milanovic (voir graphique 3) :

• Les populations autour de la médiane (entre le 40e et le 60e décile) de la distribution globale de revenus par tête ont bénéficié – en termes relatifs – des gains les plus élevés. Ces nouveaux « gagnants » vivent essentiellement en Chine, en Inde, en Thaïlande, au Vietnam et en Indonésie.

• En revanche, les déciles inférieurs à 40 ont bénéficié de gains relativement plus faibles.

• Quant aux cohortes autour du 80e décile (qui correspondent au bas de la classe moyenne des pays riches), elles ont vu leurs revenus stagner depuis vingt ans.

• En ce qui concerne le décile supérieur, essentiellement composé des gens les plus fortunés des pays riches, il est fortement bénéficiaire.

• Enfin, si l'on regarde le montant *absolu* des gains de revenus réalisés pendant cette période, on constate que 44 % de ces gains sont concentrés sur les 5 % les plus riches.

Il résulte de ces données :

• Que la mondialisation a permis à une partie importante des populations de pays émergents – surtout en Asie – de sortir de la pauvreté.

• Que cette évolution s'est accompagnée d'inégalités croissantes tant dans les pays émergents que dans des pays riches.

• Que, en particulier dans des pays avancés, ce sont les plus riches qui ont le mieux profité alors que les moins bien lotis (notamment parmi les classes moyennes) ont vu leurs revenus stagner ou se réduire (influence notamment des « délocalisations » d'industries en dehors des pays développés et conséquences sur le chômage et les revenus de la concurrence des pays à bas salaires).

• Mais on constate aussi que dans certains pays – notamment européens comme la France, les Pays-Bas et la plupart des pays scandinaves – la croissance des inégalités a été beaucoup plus faible.

Certains pourraient être tentés d'en conclure que c'est la globalisation du commerce qui serait responsable des

Graphique 3. Les gains relatifs de revenus réels par tête (revenus globaux) de 1988 à 2008

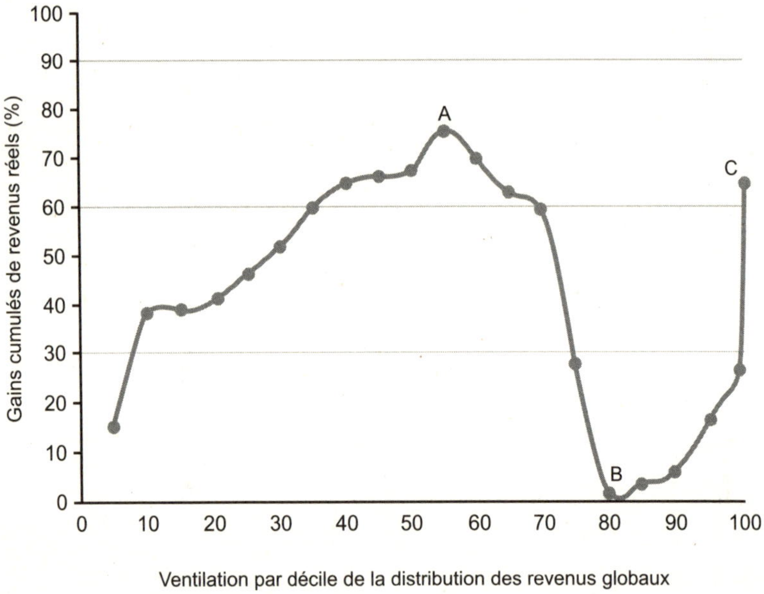

Source : Branko Milanovic.

Les gains sont très différenciés par classes de distribution des revenus entre gagnants (de 40 à 60 déciles), perdants (70 à 90) et les « supergagnants » (90-100).

inégalités croissantes et que le retour au protectionnisme serait, par conséquent, indiqué.

En fait, nombre d'économistes pensent que c'est plutôt le progrès technologique qui a été le facteur décisif de la progression des échanges. Quant aux considérables différences d'inégalités au sein des pays avancés, elles montrent bien que les pouvoirs publics ont joué – activement ou passivement – en ce domaine un rôle décisif et qu'ils ne sauraient s'abriter derrière le prétexte de la mondialisation pour justifier les dérives inégalitaires constatées.

Le prix Nobel d'économie, Angus Deaton, dans son ouvrage *La Grande Évasion* (2013), insiste sur les progrès du niveau de vie que l'humanité a connus depuis les quatre dernières décennies :
- progrès médicaux ;
- augmentation de l'espérance de vie (en termes quantitatifs et qualitatifs) ;
- amélioration des conditions de vie.

C'est une description, presque lyrique, de la « grande évasion » hors de la pauvreté, de la misère et de la maladie, à laquelle il nous invite.

L'auteur raconte comment l'humanité a échappé aux privations, aux maladies ancestrales et à la mort prématurée et comment une large partie des habitants a réussi à rendre la vie meilleure pour eux et leurs successeurs, grâce à :
- la lutte pour la santé ;
- la hausse du niveau de vie matériel et la réduction de la pauvreté mondiale réalisée depuis 1980.

Comme on l'a vu, ces progrès, en grande partie liés à la mondialisation du commerce et des technologies, se sont accompagnés d'inégalités croissantes non pas entre les États mais au sein des pays eux-mêmes, ainsi que le montrent notamment les travaux de François Bourguignon. Examinons ce point avec plus d'attention.

Les inégalités internes ont augmenté

On constate que le mouvement séculaire de réduction des inégalités s'inverse au début des années 1980.

Alors qu'en 1900 la part des plus riches (1 %) représentait 18 % de la richesse totale dans les pays développés, le mouvement de réduction des inégalités s'enclenche après la Première Guerre mondiale, et surtout la Seconde.

Au début des années 1950, la part des 1 % les plus riches se situait à 10 % en moyenne. Mais les choses ont changé depuis les années 1980.

Comme l'ont montré les travaux d'Atkinson, Piketty et Saez, l'inflexion vers plus d'inégalités est, depuis lors, générale. Elle est particulièrement marquée aux États-Unis, comme le souligne Dayton[1].

L'examen des statistiques montre l'ampleur de la croissance des revenus par tête (voir graphique 4). Une analyse plus fine souligne la montée des inégalités depuis les années 1980 dans les pays scandinaves – dont le coefficient d'inégalités demeure cependant encore limité – et surtout dans les économies comme le Japon, l'Australie, le Royaume-Uni et, à l'extrême,

1. L'inégalité aux États-Unis (calculée en termes de revenus bruts des ménages) avait chuté de 1929 à 1969. Elle est remontée depuis à des sommets comparables à ceux des années 1920.

Graphique 4. La montée des revenus et des inégalités par tête depuis 1950 est saisissante

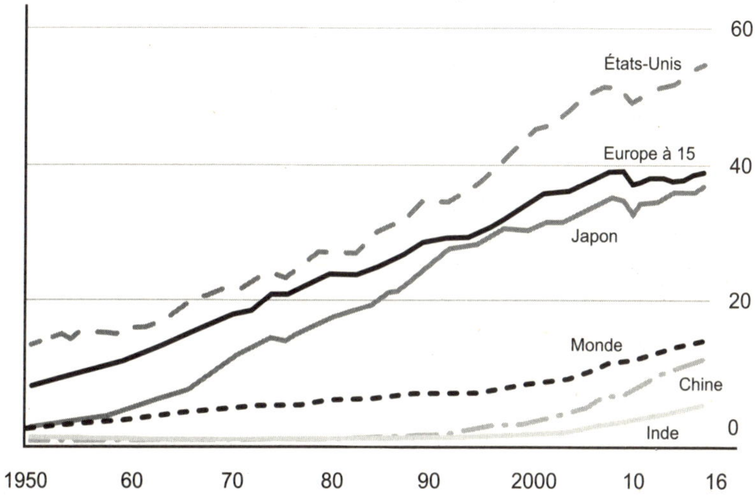

Source : The Conference Board.

Calculé en milliers de dollars en parité de pouvoir d'achat.

aux États-Unis, dont le coefficient d'inégalités est un des plus élevés du monde.

Cette progression des revenus des plus riches est favorisée par la financiarisation[2], mais aussi par les progrès technologiques qui concentrent les richesses sur les personnes travaillant dans les secteurs de l'innovation.

Aux États-Unis, la part du 1 % des plus riches était en 1982 de 8,4 % du total des revenus. En 2005, cette part avait plus que doublé pour atteindre 18,3 %.

2. La financiarisation de l'économie est l'importance grandissante du recours au financement par l'endettement des agents économiques. Cette financiarisation se traduit par une augmentation notable de la part des activités financières dans le PIB des pays développés.

Dans six autres pays significatifs[3] (la Chine et l'Inde, un groupe d'États européens et le Japon), la part du 1 % était de 5,6 % en 1982. Elle avait atteint 7,9 % en 2005 (soit une progression de « seulement » 50 %[4]).

Parmi les facteurs qui permettent d'expliquer cette montée des inégalités, on peut citer la baisse de la part des salaires dans la valeur ajoutée et la hausse des revenus issus des opérations financières.

À cet égard, il est intéressant d'analyser la situation aux États-Unis. Le secteur productif américain est devenu plus efficace. La production de biens et de services (base 100 en 1980) est passée à 250 en 2015. Mais l'emploi a reculé de 100 à 70 pendant cette période.

Il faut ajouter que l'aggravation de la pauvreté dans beaucoup de pays à faibles revenus (particulièrement en Afrique subsaharienne) apparaît clairement.

Le développement des pays émergents conduit à une augmentation des inégalités internes : en effet, la part de l'économie marchande (*tradable*) est favorisée par l'exportation, alors que la vaste économie *non tradable* à faibles gains de productivité est relativement défavorisée. Là aussi, ce sont les acteurs de la haute technologie qui sont « gagnants ».

Dans les pays développés, l'inégalité des revenus a un impact croissant sur les chances de réussite, la qualité de l'éducation, la capacité à exploiter les réseaux

3. France, Allemagne, Inde, Chine, Japon, Suède.

4. En France, les inégalités des revenus (après redistribution) sont restées stables de 1995 à 2015, alors que les inégalités de patrimoine ont augmenté quelque peu. La part des 1 % des plus riches était en 2010 de 18 % de la richesse totale des ménages français. Le chiffre correspondant est de 36,6 % aux États-Unis.

d'influence… tous facteurs exerçant un rôle important dans la participation à la vie politique et civile.

*

Cette évocation nous laisse donc avec deux constatations en apparence contradictoires, mais en réalité liées :

1. l'ouverture du commerce mondial et les avancées technologiques ont réduit, pour le plus grand nombre, les inégalités entre nations ;
2. mais ce phénomène s'est aussi accompagné d'une hausse des inégalités au sein des différents pays, qu'ils soient émergents, développés ou pauvres.

Cette seconde constatation appelle à réfléchir sur ce que pourrait être une réaction du point de vue de la recherche du bien commun. Il faudrait faire en sorte, puisque le monde est globalisé, que l'ensemble des « nantis » ou des « gagnants » traite les personnes « laissées-pour-compte » par la globalisation comme si elles étaient les citoyens d'un même État, d'une collectivité démocratique mondialisée. De la sorte, elles auraient, toutes, vocation à vivre décemment.

Or, aujourd'hui, en dehors de l'investissement privé, l'aide au développement est la seule à pouvoir jouer ce rôle de redistribution de la richesse et d'amortisseur de la détresse humaine, détresse qui est amplifiée par les inégalités croissantes décrites ci-dessus. Mais l'aide au développement est trop limitée pour qu'elle puisse agir de façon suffisante du point de vue évoqué ici.

Étant donné l'impossibilité pour les États pauvres de jouer en ce domaine un rôle national suffisant, l'internationalisation du problème qu'ils posent serait la seule façon d'achever ou de parachever la « grande évasion », en répondant au défi de ce que l'on a appelé la « mondialisation des inégalités sociales » qui est en train de s'installer. Il s'agit d'atténuer les écarts de richesse et de revenus lorsqu'ils deviennent excessifs, écarts qui poussent à l'émigration massive des « sans espoir ».

Ces écarts sont de moins en moins acceptables, et aussi de plus en plus dangereux pour l'évolution et l'équilibre à long terme de nos sociétés démocratiques.

Sans tomber dans l'irénisme ou dans le travers de la redistribution systématique et en reconnaissant que, par définition, toute innovation commence par s'accompagner d'une inévitable croissance des inégalités[5], il est indispensable, me semble-t-il, de se poser le problème des « externalités négatives » issues de la mondialisation. Ces externalités comportent un élément d'inégalités dont on doit mesurer la portée et réduire les conséquences lorsqu'elles deviennent excessives.

Le problème n'est pas de gommer les inégalités.

Il est de s'occuper des « laissés-pour-compte » en les aidant à vivre dans leur espace – le plus souvent rural – et à disposer d'un maximum de chances pour s'intégrer dans le monde tel qu'il se dessine.

Aura-t-on le courage et la vision d'aller dans ce sens en *organisant* une telle action sur un plan international ?

À cet égard, les travaux du professeur Bartels jettent une lumière assez pessimiste sur la réponse à attendre de cette question. Larry Bartels (Vanderbilt University) est l'auteur d'une recherche originale. Il s'attache à mesurer, en premier lieu, la réactivité des hommes politiques

5. Voir les recherches de Philippe Aghion sur l'innovation.

(législateurs et gouvernants) aux aspirations populaires et, en second lieu, l'influence politique relative des différents groupes de pression.

D'une recherche menée sur 1 800 cas aux États-Unis, il arrive aux conclusions suivantes :

- Les législateurs (sénateurs et représentants) répondent, dans une certaine mesure, par leurs votes, aux demandes des groupes de pression représentant les électeurs à hauts revenus, mais beaucoup moins (six fois moins) aux demandes de la classe moyenne et pratiquement pas aux requêtes émanant des classes à bas revenus. Cela est plus vrai des élus du Parti républicain que du Parti démocrate.
- La réactivité des gouvernants aux préférences (et aux changements des préférences) des citoyens est assez limitée. Mais, dans la mesure où elle se manifeste, elle est déterminée essentiellement par les préférences des citoyens aisés (qui sont aussi les moins intéressés à développer l'État providence)[6].
- L'auteur a calculé l'effet de ce « biais » d'influence sur la réduction des dépenses sociales sur une périodicité de deux ans dans différents pays : ces dépenses seraient, en moyenne, de 15 % supérieures à ce qui a été constaté, si les préférences avaient joué de manière égalitaire.

Larry Bartels conclut par une citation d'Aristote, toujours actuelle : « Lorsque la détention du pouvoir politique

---

6. L'auteur a calculé une échelle de ratios d'influence où l'influence des bas revenus x = 1 coïnciderait avec une situation où l'influence des citoyens les plus riches serait la même. Avec x = 0, on aurait une influence politique des bas revenus égale à 0. En fait, d'après les calculs expérimentaux de Larry Bartels, les estimations, selon les sujets, varient entre x = - 0,50 et - 0,75. Les bas revenus auraient donc une influence *négative*.

dépend de la possession du pouvoir économique ou de la richesse, quel que soit le nombre des citoyens en cause, cela s'appelle l'oligarchie. Mais quand les classes dirigeantes ont effectivement le pouvoir sans qu'intervienne leur puissance économique, alors cela s'appelle la démocratie. »

*

Peut-on encore espérer en l'avènement d'une « démocratie mondialisée » ? Tel est, en fin de compte, un des grands défis de notre génération.

Les inégalités évoquées dans ce chapitre sont lourdes de conséquences politiques.

*

Les classes moyennes des pays industrialisés qui ont subi fermetures d'usines et suppressions d'emplois au profit des pays émergents finissent par réagir négativement à la mondialisation elle-même. Elles sont tentées par la fermeture des frontières et le protectionnisme. Les partis « populistes » prospèrent sur ce type de réactions, comme on le constate aujourd'hui.

Il est de fait que la mondialisation – même si son bilan global est largement positif – a fait des victimes, notamment dans des pays comme les États-Unis ou la France – où la compétitivité des produits et la qualité du haut de gamme sont à la traîne[7].

---

7. La montée des votes extrémistes et la percée du Parti républicain en 2016 coïncident avec la carte des régions les plus affectées par la concurrence chinoise (voir David Autor, David Dorn, Gordon Hanson, Kaveh Majlesi, « Importing political polarization ? The electoral consequences of rising trade exposure »,

Graphique 5. La part des classes moyennes des pays occidentaux se réduit depuis 1980

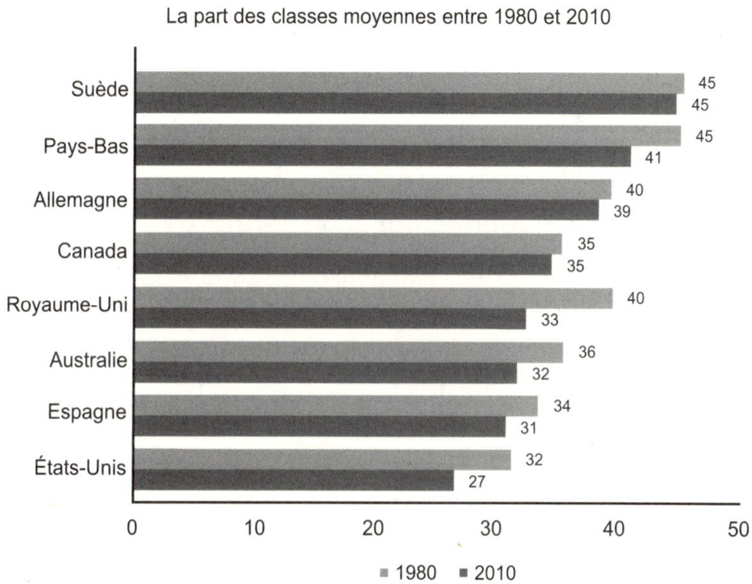

Source : Branko Milanovic.

La part – dans le total de la population – des classes moyennes des pays occidentaux a considérablement diminué depuis 1980, comme le montre le graphique 5. Cela est particulièrement vrai du Royaume-Uni, des États-Unis, des Pays-Bas. Classes moyennes rétrécies et stagnation des revenus : deux recettes pour le populisme.

NBER Working Papers, 2016, n° 22637). La compétition chinoise expliquerait le quart des 4 millions d'emplois perdus aux États-Unis dans le secteur manufacturier entre 1999 et 2011, d'après une étude de Daron Acemoglu, Daniel Autor *et al.* publiée en 2016 (« Import competition and the Great US employment sag of the 2000 », *Journal of Labor Economics* , 2016, 34 [1], p. 141-198).

Mais le protectionnisme n'est pas la solution. Il s'accompagnerait d'une hausse des prix des produits importés, hausse qui frapperait d'abord les plus démunis. Il entraînerait aussi des rétorsions et une guerre commerciale dont les premières victimes seraient les pays les moins compétitifs. N'oublions pas que, pour produire et exporter il faut, de nos jours, importer de plus en plus de composants. Cette internationalisation de la chaîne de production rend les pays exportateurs très vulnérables au protectionnisme.

La solution est ailleurs. Elle est dans la formation professionnelle, la recherche, les investissements pour favoriser le haut de gamme, l'éducation, etc., actions qui permettraient seules de « sortir par le haut » et non, à la différence de la fermeture des frontières, de se traduire par la baisse générale des revenus, fût-elle compartimentée par pays.

Encore faut-il que les bénéfices de la mondialisation soient vus comme plus équitablement répartis et que l'ouverture des échanges ne s'accompagne pas d'aides étatiques et de subventions déguisées, ou de dumpings sociaux et fiscaux, sources de distorsions et d'avantages compétitifs indus[8].

Ces préconisations doivent être détaillées et rendues opérationnelles, car le « bon discours » sur les avantages de l'ouverture des frontières ne passe plus. Il faut maintenant expliquer et produire des résultats.

*

8. Voir le communiqué du G20 de septembre 2016.

Alors que la robotisation et les progrès technologiques ont toutes les chances d'amplifier l'érosion des classes populaires, a-t-on développé une stratégie d'ensemble pour répondre à ce défi ?

Le présent essai tente de montrer que, quand des problèmes sont d'origine structurelle, la réponse n'est pas dans la fuite en avant (par exemple en relançant la croissance par le déficit budgétaire ou la création monétaire) ni dans le repli sur soi.

CHAPITRE III

Le ralentissement de la croissance : un phénomène séculaire ?

Le taux de croissance économique a souvent été considéré comme une donnée relativement prévisible et stable sur le long terme. En fait, il est devenu de plus en plus incertain et varie en fonction d'une multitude de facteurs, notamment structurels.

Les revenus par tête dans les pays dits « développés » ont mis un siècle à doubler avec la première révolution industrielle (de 1800 à 1900) alors qu'ils ont encore doublé, mais en trente ans seulement, de 1930 à 1957, puis encore de 1957 à 1988, ce qui constitue une accélération historiquement inouïe dont les causes sont multiples (révolutions technologiques, allongement de la vie humaine, amélioration des conditions de travail, changements des modes de vie et de transport, etc.).

Le problème c'est que nous nous sommes habitués à ces taux de croissance fabuleux.

Bien que, depuis quelques années, les taux de croissance constatés soient beaucoup plus faibles que par le passé, particulièrement depuis la crise de 2007-2008, il arrive que les pouvoirs publics – que ce soient les gouvernements ou les organismes internationaux comme le FMI – incorporent encore dans leurs prévisions économiques des hypothèses de croissance trop optimistes. Cela permet de présenter sous un jour meilleur les perspectives budgétaires d'un pays (du fait de la relation positive entre le taux de croissance du PIB et les recettes fiscales) ou son profil de réduction de la dette publique, ou l'équilibre de ses régimes de retraite[1]...

L'exemple du programme macroéconomique de la Grèce en 2009-2010 en est une illustration malheureuse et presque caricaturale. L'optimisme des hypothèses de croissance contenues dans ce programme masquait la gravité de la situation et permettait à l'Union européenne et au FMI d'escompter, en deux ans, un retour de la Grèce sur les marchés financiers. Rien ne justifiait ces projections. Il a fallu, plus tard, ouvrir les yeux. Mais que de temps et de crédibilité de perdus !

Cette « illusion de croissance » est, en effet, une manière pour les gouvernants d'essayer de gommer les « mauvaises nouvelles » structurelles et de présenter les choses comme on voudrait qu'elles soient. Mais ce biais a des limites. Il se heurte, par exemple, à la nécessité des calculs d'actualisation indispensables au financement des investissements notamment à long terme. Le taux d'actualisation est, en effet, la manière de donner une valeur actuelle à des flux de recettes futures. Or

1. Ainsi, le scénario central du Conseil d'orientation des retraites (COR) est optimiste (chômage de 7 %, croissance moyenne annuelle de la productivité du travail de 1,5 %, hausse annuelle du PIB entre 1,7 et 2,3 %...), ce qui ôte une certaine crédibilité aux perspectives de retour à l'équilibre du régime des retraites en France et affaiblit le message.

une des clés du taux d'actualisation à retenir dépend des prévisions de croissance des revenus tirés d'un projet (et donc, indirectement, et par approximation, de la croissance escomptée pour l'économie générale). Plus ce taux de croissance apparaît faible, plus le taux d'actualisation du projet devra être élevé, ce qui impliquera de trouver des financements coûteux, ce qui rendra, à son tour, plus difficile ou hasardeuse sa réalisation. Mais là, point d'illusion possible : c'est le marché des investisseurs qui en décide. Même chose pour des prévisions macroéconomiques trop optimistes : elles sont testées et contestées par les marchés financiers qui finissent (souvent, du reste, avec retard) par imposer leurs *spreads* de taux d'intérêt, c'est-à-dire les écarts qui compensent la différence entre les prévisions volontaristes et les réalités.

Il y a donc, dans une économie internationalisée comme celle que nous connaissons, une tentation permanente, mais vaine en raison du verdict des marchés et de l'avancée des « lames de fond », à prétendre que les taux de croissance sont durablement orientés à la hausse.

Le problème, c'est qu'il n'en est rien. Nous assistons au contraire, à un ralentissement quasi général de la croissance.

Pendant ce qu'on appelle les Trente Glorieuses (1945 à 1973), et sous l'influence de facteurs exceptionnels, les pays avancés ont connu un taux de croissance réel littéralement phénoménal d'environ 5 % par an. Puis, pendant les deux décennies qui ont suivi la chute de Bretton Woods et la première crise pétrolière (1973 à 1994), le taux de croissance moyen de ces économies a été approximativement divisé par deux pour se situer autour de 2,5 % par an. Depuis le début des années 2000, et surtout depuis la crise financière de 2007-2008, leur taux de croissance a décéléré à environ 1,5 % l'an.

Est-ce un phénomène conjoncturel ou une « lame de fond » ?

Cette question fondamentale divise les économistes d'aujourd'hui. Certains, tels Larry Summers ou Paul Krugman, croient que le ralentissement constaté depuis une dizaine d'années reflète à la fois l'excès d'épargne mondiale et le retard de la production par rapport à la production potentielle (c'est-à-dire par rapport à celle qui aurait été atteinte si toutes les ressources avaient été utilisées à plein). Ils voient donc le salut dans la stimulation de la demande et les bas taux d'intérêt. Mais l'économiste américain Robert Gordon a développé une tout autre thèse dans son article séminal de 2012. Selon lui, c'est la croissance potentielle qui stagne durablement, essentiellement pour des raisons structurelles tenant à l'offre.

Parmi les facteurs à l'œuvre, l'auteur cite les suivants.

• D'abord la démographie. La baisse de la fertilité dans la plupart des pays autres que l'Afrique subsaharienne ainsi que l'allongement de l'espérance de vie aboutissent à un vieillissement accéléré des populations et, par là même, à un ralentissement de la croissance potentielle. L'économiste fait observer aussi des ruptures de tendances passées. Ainsi, aux États-Unis, une grande partie de la croissance depuis quarante ans est venue de l'augmentation du taux d'activité féminine. Mais, à partir d'un certain niveau, cette source de croissance a inévitablement tendance à se tarir.

• De même pour les progrès du taux de scolarisation : ils tendent aussi à s'effacer. Au fur et à mesure des avancées de la scolarisation, ce gisement de croissance ne peut, en effet, que tendre vers 0.

• La croissance des inégalités, évoquée dans le chapitre II, oblige les ménages, particulièrement dans un environnement prolongé de taux d'intérêt bas, à se constituer des épargnes additionnelles. En effet, la « répression financière » qui force les taux d'intérêt à 0 fait craquer l'équilibre des systèmes de retraite. Elle amène donc les futurs retraités à chercher à préserver dans la mesure du possible leur niveau de vie après leur départ en retraite. C'est la tendance structurelle observée, depuis la crise, du passage du régime des prestations définies (*defined benefits*) à celui des cotisations définies (*defined contributions*[2]). Le résultat sera une augmentation globale des cotisations des retraités et donc de l'épargne des ménages au détriment de la consommation. Cet « excès » d'épargne poussera à la baisse du taux d'intérêt « naturel », compliquant ainsi la solution du problème évoqué plus haut concernant la difficulté de financer des infrastructures à long terme nécessitant des taux d'actualisation élevés dans un environnement de taux monétaires à 0, voire négatifs.

• Enfin, l'auteur insiste sur la tendance peut-être la plus grave : celle de la baisse de la productivité des facteurs

2. Les régimes de pension à contributions définies déterminent contractuellement le montant des cotisations à la charge des retraités sans fixer le montant des pensions : le risque financier est donc transféré aux épargnants. Les régimes à bénéfices définis garantissent aux ayants droit un niveau déterminé de pensions. Mais, dans l'environnement de taux 0 actuel, cette seconde catégorie de contrats entraîne des risques accrus pour les institutions d'assurances-retraite.

Graphique 6. Croissance de la productivité totale des facteurs

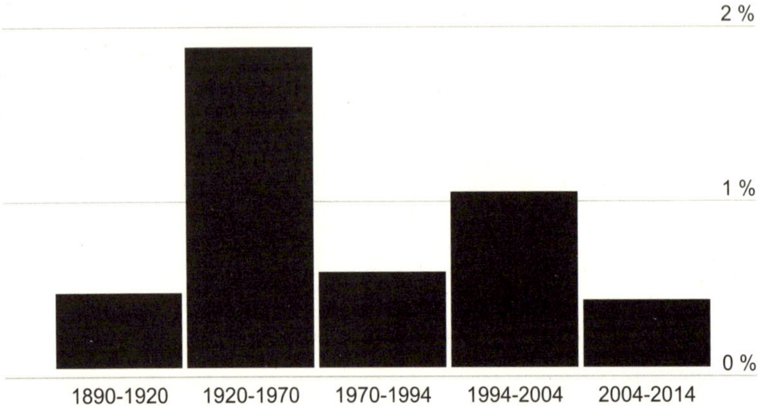

Source : Robert Gordon.

Croissance par an.

de production. Les gains de productivité (graphique 6) – qui permettent de rémunérer les salariés comme les actionnaires tout en assurant les investissements d'avenir – ne cessent de se réduire depuis trente ans. Ils gravitent aujourd'hui à moins de 1 % par an. L'auteur croit déceler dans ce phénomène le fait que les innovations technologiques d'aujourd'hui – celles de l'informatique, de l'Internet et du digital – génèrent moins de progrès directement liés au processus productif que ne l'avaient fait les révolutions industrielles intervenues depuis les années 1920[3].

Sans être en mesure de me prononcer sur le fond de ce débat, il me semble que nous devrions au moins

3. D'autres économistes pensent que l'accumulation des données permettra, à terme, de développer des biens et des services radicalement nouveaux. Plus tard, avec l'apparition de ces biens et services, viendront les gains de productivité.

envisager comme plausible la perspective d'un ralentissement marqué du taux de croissance :

- L'influence du vieillissement démographique va clairement dans la direction d'un tel ralentissement.
- De même, la réduction des gains de productivité paraît une tendance « lourde ». Particulièrement sensible en Europe, elle constitue une raison majeure de la « croissance molle » de notre continent.

Dans ces conditions, il serait sage de se préparer à ces évolutions et de travailler sur les changements du modèle social qu'elles impliquent. Dans un pays comme le nôtre, où règne le chômage de masse, notamment chez les jeunes, et où l'on répétait naguère à satiété qu'il nous faudrait 3 % (!) de croissance pour commencer à le réduire, il est urgent d'intégrer dans nos modes de pensée et dans nos programmes les perspectives plus réalistes telles qu'elles apparaissent ainsi que les choix qu'elles permettent.

Il en résulte que la « priorité des priorités » pour des pays comme la France est d'accroître notre taux de croissance potentielle. Cela ne peut se faire que par des moyens structurels, et non par des faux-semblants. Il s'agit, en particulier, d'alléger les coûts de production des entreprises, de mieux rémunérer l'initiative et le risque, de stimuler l'innovation, la recherche ainsi que le développement des nouvelles technologies, et de former en conséquence la population active.

Il faut bien comprendre que les progrès fulgurants de la technologie digitale et de l'intelligence artificielle risquent d'accentuer le clivage social et les inégalités entre ceux qui bénéficient des innovations et les autres. Voulons-nous nous résigner à nous laisser enfermer dans le dilemme de la « socio-économie duale », où un sous-ensemble intégré et mondialisé prospérera sur l'innovation digitale face à un autre, grandissant mais isolé, même s'il incarne, dans une certaine mesure, l'héritage des traditions culturelles, et dont les revenus seront condamnés à baisser toujours davantage ?

Cette éventualité d'une croissance quasi nulle ou très faible nécessitera, quoi qu'il arrive, une adaptation de nos systèmes socio-économiques dont les modèles s'appuient encore sur l'anticipation d'une croissance soutenue. La question est de savoir si cette adaptation sera, à terme, le résultat d'un choix démocratique raisonné et de débats ouverts, ou le produit de convulsions politiques et du déchaînement des populismes.

CHAPITRE IV

Comment répondre au défi de la protection de l'environnement ?

C'est un des sujets « structurels » les plus difficiles.

Par sa nature, il ne peut être traité que de façon planétaire. Mais le cadre des négociations est inévitablement fragmenté en fonction des rapports de forces, des intérêts et des différences de conception des parties prenantes. Le défi requiert, par ailleurs, des mesures concrètes et coercitives. Mais la décentralisation, la légèreté de la structure décisionnelle et l'absence de sanctions ne s'y prêtent guère. Le sujet est, par essence, global. Mais le clivage Nord/Sud complique le débat.

Ce problème fait partie intégrante du thème central du présent essai. Il concerne des évolutions plus graves encore que celles évoquées dans les autres chapitres, car certaines d'entre elles menacent l'avenir de l'humanité. De ce fait, la question justifie une intervention publique.

Une telle intervention est d'autant plus nécessaire que les atteintes à notre environnement sont irréversibles et ne peuvent être résolues spontanément par la bonne volonté des acteurs du marché. Ces atteintes ont, au demeurant, un caractère intergénérationnel marqué et exigent un traitement équitable entre les nations.

Cette intervention publique peut être nationale lorsqu'il s'agit de problèmes de pollution localisés. Mais elle doit être mondiale pour les risques planétaires dont le réchauffement climatique est un des exemples les plus graves.

*

L'homme s'est fort peu préoccupé de la pollution et de la détérioration de son environnement pendant la période du « progrès technique triomphant » (1850-1970). Ce qui importait était de produire toujours davantage et à meilleur coût quelles qu'en soient les conséquences.

Il y avait bien une tradition d'« inquiétude écologique » dont on peut retrouver des traces au XIXe siècle notamment. Mais – en dehors de certaines décisions politiques nationales pour contrôler, par exemple, le défrichement des forêts ou, plus rarement, pour contenir la pollution des cours d'eau – ces préoccupations n'étaient pas insérées dans une vision globale ni assorties de dispositifs opérationnels d'envergure.

*

C'est en 1972 que s'est tenue à Stockholm la première Conférence des Nations unies sur l'environnement.

Mais il a fallu attendre l'accord de Kyoto en 1997[1] pour que la communauté internationale se mette d'accord sur un programme de réduction des émissions de gaz à effet de serre (en grande partie responsables du réchauffement climatique).

• L'objectif de Kyoto était de réduire à l'horizon de 2008-2012 les émissions de gaz à effet de serre des pays industrialisés à - 5 % par rapport au niveau de référence atteint en 1990 (les pays du Sud[2] étant exonérés d'engagements chiffrés).

• Les modalités des choix politiques et des mesures à prendre pour respecter ces engagements étaient décentralisées au niveau national.

• La mise en œuvre de possibilités d'échange de « droits à polluer » était prévue pour donner une certaine flexibilité à la mise en œuvre du mécanisme global de rationnement des droits à polluer.

En fait, les engagements du Protocole de Kyoto ont pu, dans l'ensemble, être atteints sans entraîner un changement profond des comportements énergétiques.

Les raisons sont à rechercher dans la décélération de la croissance économique à partir des années 1990 et dans la montée en puissance du parc nucléaire, deux facteurs importants de la modération des émissions par rapport aux prévisions.

Mais une des lacunes du protocole de Kyoto (à savoir l'impasse faite sur les pays du Sud) est venue se rappeler à notre anxiété écologique.

1. L'accord de Kyoto complète la Convention des Nations unies adoptée en 1992 au sommet de Rio.
2. Pays en développement et émergents.

En effet, depuis 1990, année de référence des engagements de Kyoto, l'émission des pays en développement et des pays émergents a considérablement augmenté, alors que, depuis 2000, celle des pays de l'OCDE a quelque peu diminué.

Représentant 27 % du total des émissions de 1990, les pays du Sud en comptaient pour près de 46 % en 2000.

Évidemment, si elle était calculée par habitant, la « responsabilité » des émetteurs industrialisés resterait prépondérante (quatre fois plus que le niveau des pays du Sud).

De fait, la « responsabilité historique » des pays industrialisés a longtemps dominé les négociations internationales sur les émissions de gaz. Ces pays avaient, cumulativement, émis 77 % du CO_2 d'origine fossile pendant la période 1850-2000 (contre 23 % pour les pays en développement).

Mais les choses ont changé avec l'émergence des pays du Sud et leur croissance liée à l'ouverture du commerce international à partir des années 1990. Ainsi, les États-Unis, longtemps premier producteur mondial de CO_2, se trouvent désormais dépassés par la Chine[3].

La « responsabilité » historique du Nord industriel est donc en train de s'éroder très vite, du fait de la mondialisation et de l'extension du « modèle polluant » à la nouvelle croissance des émergents.

Certes, cette érosion est moins spectaculaire quand on calcule les émissions par tête : en 2012, un Américain émettait chaque année environ 17 tonnes de CO_2, un

3. La Chine a dépassé les États-Unis depuis 2005 en termes de production brute de CO_2. Aujourd'hui la Chine émet environ 9,9 milliards de tonnes, les États-Unis 5,2, l'Union européenne 3,5.

Chinois 6,6 tonnes, un Européen 10 tonnes et un Indien 2 tonnes (la moyenne de l'OCDE étant de 10 tonnes et la moyenne mondiale de 4,5 tonnes). Mais la dynamique est là et pèse désormais lourd sur les perspectives futures du réchauffement climatique.

*

Car tel est le défi environnemental le plus dramatique : le réchauffement de notre planète.

L'existence de ce dérèglement climatique est aujourd'hui généralement admise, de même que le rôle des émissions de gaz à effet de serre dans la genèse de ce phénomène.

On reconnaît également que l'activité humaine : production industrielle, combustion des énergies fossiles, développement des transports, déforestation, etc., contribue puissamment à la croissance des émissions de gaz à effet de serre.

Parmi les gaz incriminés, la production de dioxyde de carbone (CO_2) émis à partir de la combustion des énergies fossiles a augmenté de 35 % pendant la période 1750-2005.

Quant au méthane (CH_4), autre composant, moins important, des gaz à effet de serre, son émission a bondi de 148 % pendant la même période.

L'effet de réchauffement provoqué par ces émissions est maintenant largement admis.

Or l'évolution du climat donne des signaux d'alarme qu'on ne saurait négliger. Au cours du XXe siècle, la température au sol aurait augmenté en moyenne de 0,74 °C. Les glaciers continuent de se retirer et le niveau de la mer a monté de 14 centimètres au cours des cent dernières années. Ce phénomène ne pourra que s'aggraver en entraînant des conséquences désastreuses, notamment pour une partie de la population côtière tropicale dont l'activité et le mode de vie seraient bouleversés si le réchauffement climatique et la hausse du niveau de la mer n'étaient pas contenus.

Le Groupe intergouvernemental d'experts (GIEC), créé en 1988, a procédé à des études poussées sur l'impact des activités industrielles sur le climat. Il a aussi établi des simulations pour aider les choix politiques en cette matière extrêmement complexe.

Sur la base de l'hypothèse – très exigeante – du maintien dans l'avenir du niveau global de concentration des gaz à effet de serre de l'année 2000, l'une des simulations se traduirait par un réchauffement additionnel de 0,6 % à la fin du XXIe siècle. Mais d'autres scénarios se révèlent plus alarmants (entre 1,8 et 4 °C). Ces écarts s'expliquent par l'incertitude qui pèse sur les modèles climatiques utilisés.

*

La COP 21, réunie à Paris en novembre-décembre 2015, a eu le mérite d'appeler l'attention mondiale sur ce problème, et de confirmer un accord sur l'objectif tendant à contenir le réchauffement à venir de la planète à moins de 2 °C et de maîtriser, en conséquence, l'ampleur des émissions de gaz à effet de serre.

Mais il faut être conscient de ce que :

• La transformation d'un objectif climatique global en engagements nationaux en termes d'émissions est une opération très complexe tant du point de vue scientifique que politique :

– la ratification de l'accord par certains pays pollueurs (notamment du plus gros, les États-Unis, en termes d'émissions par habitant) est loin d'être acquise. Leur attitude fait contraste avec celle de l'Union européenne qui, en 2008, était parvenue à un accord pour réduire les émissions des États membres de 20 % d'ici à 2020 ;
– se pose aussi avec acuité le problème des pays du Sud qui, tout en augmentant leurs émissions, excipent de leur faible niveau de PIB par tête (relativement à celui des pays industrialisés) pour retarder leurs efforts : ainsi des pays comme la Chine, l'Inde ou l'Afrique du Sud ont déclaré qu'ils n'envisageraient de réduire leurs émissions au mieux qu'à partir de 2020, voire 2050 ; or ce sont eux qui sont désormais à l'origine de la croissance globale des émissions.

• D'où la volonté – affichée – du Nord d'aider les pays du Sud à commencer plus tôt à contenir leurs émissions au moyen d'aides favorisant le « développement propre ». À cet égard, un « Fonds vert » de 100 milliards par an a été annoncé : mais des doutes sérieux subsistent sur sa véritable « additionnalité » et sur l'effet d'une telle aide sur la réduction des émissions.

On estime[4], au total, que pour tenir l'engagement de Paris sur le réchauffement, le monde devra *réduire* ses émissions de CO_2 de 6,5 % par an jusqu'en 2100 (voir graphique 7). Or, en 2015, l'intensité carbonique (CO_2/PIB) a baissé de 2,8 %. On voit que ce « bon résultat » est encore très insuffisant.

Les pays avancés, qui devraient prendre l'engagement de réduire de 80 % leurs émissions en 2050 par rapport

4. Voir, « The long view. How will the global economic order change by 2050 ? », *PWC*, février 2017.

Graphique 7. Contenir le réchauffement climatique imposera de gros efforts

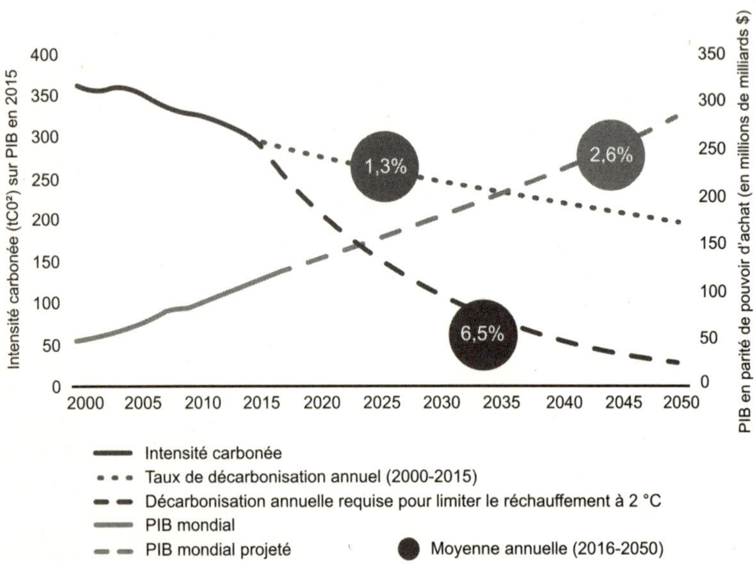

Sources : BP, Energy Information Agency, Banque mondiale, FMI, UNFCCC, National Governement Agencies, PwC Analysis.

Objectifs du taux de décarbonisation nécessaire pour respecter l'Accord de Paris (COP21) et croissance du PIB mondial.

au niveau de 1990[5], devront montrer l'exemple en investissant en énergies renouvelables[6], en technologies réduisant les émissions de carbone, etc.

5. Pour stabiliser les émissions de gaz à effet de serre au niveau jugé acceptable de 550 ppm de CO_2 en 2050, il faudrait (avec 9 milliards d'habitants) que le montant moyen d'émission par habitant ne dépasse pas 2,5 tonnes (or, aux États-Unis, ce niveau est proche de 17 tonnes, en Europe de 10, en Chine de 7, en Inde de 2). Cela donne une idée de l'ampleur du défi. Un ppm représente un centimètre cube de gaz par mètre cube d'air.

6. Parmi les énergies renouvelables, les éoliennes sont loin d'être une panacée dans les régions à vents intermittents, étant donné la très grande difficulté de stocker l'électricité. La remise en route des centrales « à flamme » quand le vent

Il faut comprendre la difficulté de la « transition énergétique » qu'impliquent les engagements internationaux en matière d'émissions. Pour avoir une chance d'atteindre les objectifs fixés, il faut convaincre non seulement les États, les collectivités locales, les organismes publics mais aussi les entreprises et les ménages de faire des choix plus écologiques en termes de combustion fossile. Les instruments classiques d'une telle politique sont des incitations fiscales favorisant les « bons choix » écologiques (cela va de la politique énergétique globale d'un pays à l'isolation thermique des logements en passant par les méthodes de motorisation des moyens de transport, etc.). C'est dans ces domaines qu'il faut choisir (ou combiner) les instruments appropriés (fiscalité différenciée, taxe carbone, etc.) en ayant soin d'éviter complication excessive (niches fiscales détaillées et changeantes) et choix irrationnels (comme l'a été l'incitation française aux voitures diesel). Il faudra aussi avoir le courage et la lucidité d'évaluer, du point de vue écologique, la place du nucléaire (non polluant en termes de gaz quoique problématique en matière de déchets).

*

Les options à formuler sont difficiles à définir dans un domaine où se mêlent considérations scientifiques et politiques.

Mais il est clair que la transition énergétique ne pourra pas être « un long fleuve tranquille ». Il y aura

tombe réduit significativement l'efficacité écologique de cette forme d'énergie alternative, qui semble plus prisée des hommes politiques que des scientifiques.

des surcoûts par rapport à la situation présente qui est, en fait, référencée sur le prix du pétrole et largement basée sur la combustion du charbon[7]. Certaines énergies alternatives ont de fortes chances de coûter plus cher. Notre modèle de croissance traditionnel en sera altéré.

Le secret sera de faire apparaître – et de faire payer – les externalités négatives résultant de la situation actuelle. Ceux qui polluent gratuitement devront désormais payer plus cher le droit à polluer.

L'usage de l'atmosphère ne peut plus être gratuit. C'est là la justification de la taxe carbone à laquelle il paraît difficile d'échapper.

Les consommateurs ne pourront pas assister indemnes et passifs à ces changements. Ils subiront, en bout de chaîne, les effets-prix des choix effectués. Ils devront aussi participer à l'effort commun car, en fin de compte, c'est l'addition de millions de décisions individuelles qui assurera en grande partie le succès ou l'échec de la transition énergétique.

Or on se heurte ici à un problème qu'on ne peut éluder. Les agents économiques continueront à regarder l'énergie comme une « utilité » plus que comme un élément de leur responsabilité écologique. Si l'on veut motiver, par exemple, les propriétaires immobiliers à mieux isoler leurs logements ou à rendre leurs chaudières plus économes, encore faudra-t-il les y inciter. Or ce n'est pas en contrôlant les loyers qu'on y parviendra. Cet exemple montre que les incitations

7. La combustion du charbon est responsable de près d'un tiers de la production totale de CO_2. L'Allemagne, qui se détourne du nucléaire, reste un grand consommateur de charbon – un quart de sa consommation primaire d'énergie, contre 5 % en France. La Chine est aussi un grand consommateur de charbon.

devront non seulement être assez fortes, mais qu'elles devront aller plus loin que la seule technique de la « niche » fiscale ou de l'obligation réglementaire. Le prix du CO_2 émis sera l'élément déterminant du choix énergétique industriel.

La mode est aujourd'hui à la voiture électrique. Mais la question est de savoir si la production d'électricité qui alimente les voitures sera moins polluante que le pétrole. L'avantage sera sans doute sensible au niveau des particules émises par les gaz d'échappement. Mais *quid* des avantages écologiques relatifs à l'origine (plus ou moins carbonée) de l'électricité distribuée par le réseau ?

*

Au total, le système international à négocier devrait :

• Être universel, applicable à tous (tout en modulant les engagements de réduction des émissions en fonction des indices de pollution, de richesse ou de pauvreté des pays du Sud), cette application globale découragerait les comportements du « passager clandestin » qui compte sur les « autres » pour payer la traversée.

• Se traduire par un prix du carbone unique : c'est la seule façon de parvenir à un traitement équitable et global des pollueurs et d'éviter des arrangements particuliers qui risqueraient d'avoir des conséquences d'ensemble négatives.

• Le carbone émis devra faire l'objet d'une taxe à taux unique payée par l'émetteur où qu'il se trouve.

• Les « droits à polluer » feraient l'objet d'un système global d'allocations échangeables entre participants (cela permettrait à des pays du Sud peu pollueurs de financer leur transformation énergétique en bénéficiant d'un prix élevé et unifié du carbone[8]).

En définitive, tout dépendra du degré de coopération internationale et aussi du succès de la communication. Une révolution énergétique de l'ampleur de celle qui est envisagée nécessitera à la fois un leadership déterminé et bipartisan de la part des États (à défaut d'une structure décisionnelle mondiale) et des engagements individuels à tous les niveaux.

Il faut reconnaître, à cet égard, les progrès qui ont été réalisés ces dernières années concernant les méthodes d'analyse et d'approche de ces problèmes.

Deux avancées méritent d'être soulignées :

• D'abord, l'« indice de développement humain » (IDH) – qui combine à la fois le PIB et des données comme l'espérance de vie à la naissance, la qualité des soins et le niveau d'éducation – commence à gagner du terrain et à se substituer à la seule considération de la production (polluante).

• En second lieu, la notion d'« empreinte écologique » permet de visualiser l'ampleur des pressions exercées par l'économie sur les ressources de la planète. Ainsi, les 17,5 milliards d'hectares globaux (hag) que mobilise aujourd'hui la production humaine – soit 2,1 hag par personne en moyenne – dépasseraient déjà de 30 % la capacité d'offre soutenable au niveau mondial. Les disparités sont considérables en ce domaine (États-Unis : 9,4 hag, France : 4,9 hag).

8. Jean Tirole, *Politique climatique : une nouvelle architecture internationale*, Paris, La Documentation française, 2009.

Mais le croisement de l'indice de développement humain et de l'empreinte énergétique ouvre des perspectives géopolitiques inquiétantes.

On considère, en effet, que lorsque l'IDH est très élevé, l'empreinte écologique a tendance à l'être aussi, ce qui pose sous un jour nouveau la question de l'inégalité entre les nations et de ses conséquences sur l'avenir de notre humanité.

*

La croissance des cent cinquante dernières années s'est accompagnée d'un développement inouï de la population mondiale (qui est passée de 1,5 à 7 milliards d'habitants) ainsi que d'une amélioration considérable de nos modes de vie, surtout dans les pays les plus « avancés ».

Mais, parallèlement, l'empreinte écologique de ces mêmes pays a explosé. Notre modèle économique est-il voué à la pollution continue et à l'inégalité persistante, avec une prime antiécologique pour les pollueurs les plus efficaces et les « gagnants », au détriment de l'avenir de la planète et de l'équité ?

Ce sont précisément ces questions qui sont au cœur du débat et de la négociation internationale.

Cette négociation est d'autant plus difficile que l'action immédiate – et coûteuse – à engager, en particulier par les plus gros pollueurs par tête (ceux qui ont aussi le plus de poids dans la discussion), est destinée à entraîner un bénéfice planétaire lointain. Certains sont donc tentés de mettre l'accent moins sur la réduction – à but préventif – des émissions, mais plutôt sur les adaptations à venir aux changements climatiques en cours. Cette seconde orientation permettrait de différer les coûts pendant quarante ans environ… mais elle serait lourde de menaces sur les conditions de vie sur terre.

*

Quand on pense à l'immensité et à la complexité de ces enjeux, on ne peut que s'interroger. Pourra-t-on réussir une entreprise d'une ampleur aussi vertigineuse sans la création, par traité, d'une organisation internationale dotée de principes, de pouvoirs et de sanctions ?

CHAPITRE V

La politique monétaire : faut-il « jeter de l'argent aux problèmes » quand ils sont structurels ?

Comment évaluer le rôle joué par la politique monétaire dans cette « tectonique des plaques » que le présent ouvrage essaie d'évoquer ?

On pourrait être tenté d'objecter que la politique monétaire ne fait pas partie des « lames de fond » décrites dans ce livre. Elle est un instrument et peut être changée au gré des circonstances.

En fait, la politique de création monétaire hyperactive, telle que nous la connaissons depuis la crise de 2008, mais qui avait déjà pris sa source après l'effondrement du système de Bretton Woods en 1973, est devenue une donnée structurelle de notre monde. Elle a façonné les comportements d'épargne, d'endettement et d'investissement. Elle a créé des incitations et des distorsions sur lesquelles il convient de réfléchir.

Ce sujet est assez technique[1]. Je me bornerai donc ici à une synthèse globale dont l'objectif est d'expliquer, le plus simplement possible, le cours des événements ainsi que le « biais » qui a affecté la conduite de cette politique depuis plus de vingt ans.

Le but, aujourd'hui largement reconnu, de la politique monétaire est d'assurer à la fois la stabilité des prix et celle du système financier lui-même.

Sous l'influence anglo-saxonne, la politique monétaire s'est concentrée depuis les années 1990 sur la poursuite d'un objectif qui s'est révélé, à l'usage, à la fois trop simple et exclusif : celui de la stabilité des prix à la consommation. C'est ce que l'on a appelé l'« inflation *targeting* », qui est devenue le guide quasi universel des banques centrales[2].

Mais ce concept simple et apparemment attrayant comportait une faille. Et c'est cette faille qui a été à l'origine de la plus grave crise financière et économique que nous ayons subie depuis plus d'un demi-siècle. La faille est la suivante. En raison de l'action d'un certain nombre de facteurs structurels, l'indicateur des prix à la consommation autour duquel était centrée la politique monétaire avait perdu une bonne part de sa pertinence.

---

1. Les lecteurs qui voudront approfondir ce sujet pourront se reporter à mon discours « La politique monétaire a joué un rôle central dans le déclenchement de la crise financière », prononcé à la Columbia University le 1er décembre 2010, en annexe, p. 139 ; ainsi que, *Thoughts on Monetary Policy : a European Perspective*, Washington, Group of Thirty (G30), octobre 2016.

2. L'expression mathématique la plus claire de la variante américaine (qui intègre dans la règle un objectif de plein emploi) de cette politique a été donnée par l'économiste américain John Taylor dans son équation : r = 0,5 (i-i') + 0,5 (p-p'). Où r = les taux directeurs de la banque centrale, i = l'inflation-cible, i'= l'inflation réelle, p = la croissance potentielle et p' la croissance réelle.

Ainsi, l'ouverture du commerce mondial à des produits venant notamment de Chine et incorporant de très bas coûts de main-d'œuvre a durablement pesé à la baisse sur l'évolution des prix à la consommation des pays importateurs. Pour conserver leur compétitivité menacée, ces pays ont même dû s'ajuster en comprimant leurs propres hausses de salaires, ce qui réduisait d'autant plus leur inflation. De même, les facteurs de ralentissement de la croissance (séculaires ou non) dus au vieillissement démographique, par exemple, ont commencé à jouer dans un sens non inflationniste. Il résultait de ces phénomènes que le système d'alarme inflationniste ne pouvait plus se déclencher.

Mais si l'inflation des prix s'avérait donc modérée (en deçà du seuil de déclenchement de l'indicateur d'alarme de 2 %), ce n'était pas le résultat de la « bonne » politique monétaire ou de l'équilibre entre épargne et investissement, mais bien plutôt de facteurs structurels tout à fait étrangers aux décisions des banques centrales. Ces facteurs maintenaient l'inflation autour de 2 %, voire en dessous.

Il s'est ensuivi une situation paradoxale et dangereuse.

Comme l'indicateur des prix à la consommation restait inférieur à son seuil d'alarme, les responsables de la politique monétaire pensaient n'avoir nulle raison d'être inquiets. Ils avaient l'attention rivée sur la cible d'inflation et tant que le chiffre fatidique de 2 % ne clignotait pas, la politique monétaire n'avait aucune raison, selon eux, d'être resserrée.

Mais, en fait, cette politique était en train de conduire à l'énorme bulle de crédit qui a bien failli emporter tout le système financier en 2008. L'expansion du crédit des années 2000 a, en effet, constitué un phénomène monétaire dont l'ampleur et la portée sont difficiles à imaginer. Tous les indicateurs du crédit ont explosé, à la faveur d'une politique monétaire trop accommodante et aveugle aux dangers des excès d'endettement, car exclusivement axée sur l'évolution d'un indice de prix qui, pour les raisons que je viens d'évoquer, n'était plus en mesure de détecter les risques d'inflation.

Il aurait fallu évaluer les dangers de la situation et prévenir l'excès d'endettement. Pour parer à ce genre de dérives il existe un moyen : la politique « macroprudentielle », c'est-à-dire celle qui se fonde sur une détection globale des risques, qui couvre le tableau d'ensemble (et pas seulement un indicateur) et qui réagit préventivement aux manifestations d'emballement.

Ainsi, le ratio de la dette privée sur PIB aux États-Unis avait bondi de 112 % en 1976 à 295 % en 2008, rejoignant le *leverage ratio* de 1929 (voir graphique 8). Mais cela était loin d'être un phénomène purement américain, comme le montre le graphique 9. Le crédit privé dans les pays avancés était passé de 45 % du PIB dans les années 1960 à 170 % en 2008.

La situation était paradoxale. L'indice des prix était en sommeil. Mais la politique monétaire encourageait une véritable débauche du crédit. On croyait les grands équilibres assurés parce que les prix à la consommation ne bougeaient pas. Mais, en raison de l'existence de capacités de production inemployées, on ne s'inquiétait pas de la vague d'endettement qui était sur le point de tout emporter. Étrange aberration collective qui reste, pour moi encore mystérieuse. Dans une situation de ce genre, c'est la hausse du prix des actifs financiers

Graphique 8. L'endettement aux États-Unis avait dépassé en 2007 le niveau atteint en 1929

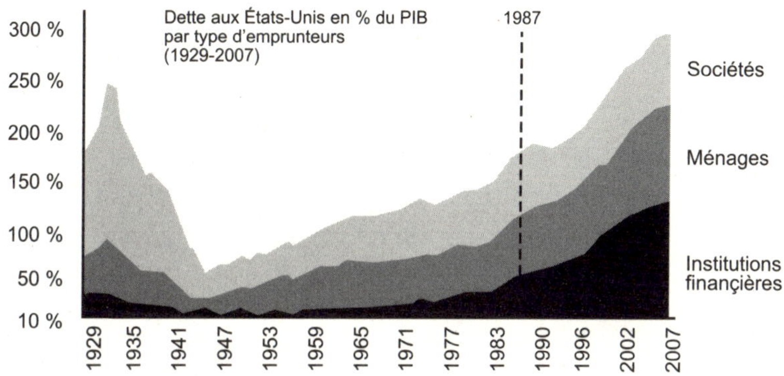

Source : Olivier Wyman.

Les crises sont toujours le résultat d'un excès d'endettement.

Graphique 9. La dette intérieure privée dans les pays avancés a explosé

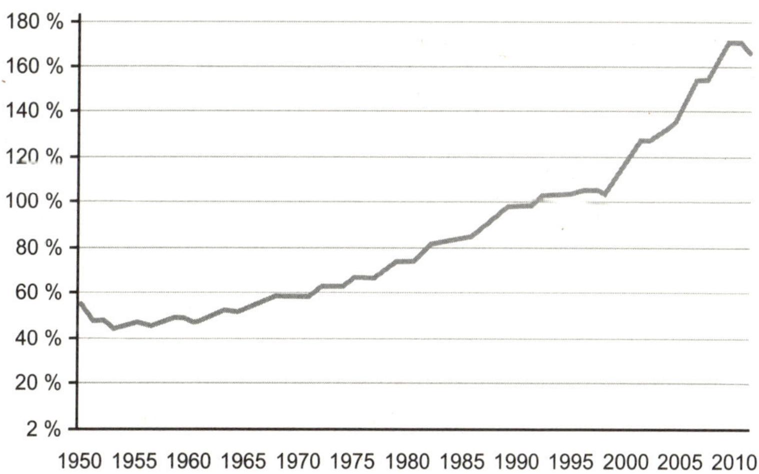

Source : FMI Working Paper 13/266, décembre 2013.

(immeubles[3], valeurs mobilières, matières premières, etc.) favorisée par l'abondance du crédit, qui aurait dû attirer l'attention. Il était là, le chaînon manquant. Mais, aussi curieux que cela puisse paraître, l'importance des excès du cycle financier dans un environnement de prix à la consommation stables a été ignorée ou, en tout cas, considérée comme un élément externe qui ne devait pas influencer la politique monétaire.

L'argument dominant de ceux qui défendaient la politique monétaire accommodante peut être résumé de la façon suivante : « Dans l'impossibilité de connaître le *vrai* prix des actifs, il fallait s'abstenir de contrer les bulles possibles par un resserrement de la politique monétaire qui aurait pu conduire à réduire inutilement la croissance et l'emploi. » Si la situation de bulle se confirmait, il valait mieux, selon cette thèse, laisser la bulle éclater, quitte à en réparer les effets plutôt que d'agir préventivement. Cette position, incarnée par le président de la Fed de l'époque, M. Alan Greenspan, a constitué un pari coûteux, responsable d'une récession de grande ampleur et d'une aggravation dramatique du chômage dans nos sociétés. Avec le bénéfice de l'histoire, il paraît difficile de contester que la politique monétaire, anesthésiée par un indicateur inopérant, a gravement contribué à la crise.

On a voulu chercher l'origine du mal dans l'excès d'épargne des pays émergents. Mais, curieusement, on a négligé les excès d'endettement des pays industrialisés qui en étaient la contrepartie.

---

3. Les prix immobiliers avaient bondi aux États-Unis au début des années 2000. Ni l'offre ni la demande de logements ne pouvaient expliquer ces hausses des prix. Mais la Fed ne se préoccupa pas de cette bulle en formation. Celle-ci éclata en 2006-2007, entraînant la plus grave crise financière de l'après-guerre.

Quant à cet excès d'endettement, il est passé le plus souvent sous silence, alors qu'il aurait dû être un des éléments essentiels de la vigilance et de la boîte à outils des banques centrales. Avec un seul instrument (les taux directeurs) et un seul compas (l'indice des prix à la consommation) on ne pouvait assurer à la fois la stabilité des prix et celle du système financier. Le tort a été de se contenter d'un dispositif aussi rudimentaire dans un monde hyperfinanciarisé, sans discipline collective, où les mouvements de capitaux – ainsi que les variations d'endettement – jouent un rôle majeur dans l'instabilité du système.

Or les récessions « post-bulles » sont d'autant plus longues à réparer qu'elles ont été précédées par des endettements plus élevés. Cette réparation, qui prend le plus souvent la forme d'un assainissement des bilans soufflés par la période d'argent facile, met du temps à opérer. Elle se traduit toujours par une baisse de l'investissement, par une aggravation du chômage et un ralentissement de la croissance potentielle (ce que voulait précisément éviter la règle Taylor citée plus haut). En général, on considère que le « cycle financier » met beaucoup plus longtemps à dérouler ses effets (plus de dix ans, et pouvant aller bien au-delà) que le cycle économique traditionnel (cinq à huit ans[4]).

Après que la crise d'endettement eut éclaté, il est juste de reconnaître que les banques centrales ont agi avec détermination afin d'éviter la répétition des erreurs qui avaient conduit à la crise de 1929 ; face à un marché vendeur, le prix des actifs s'étant enfin révélé excessif

4. Voir le discours prononcé le 5 mars 2017 par Claudio Borio, directeur de la BRI, devant l'Association for Business Economics à Washington sous le titre : *Secular Stagnation or Financial Cyclical Drag ?*

par rapport aux « fondamentaux », les banques centrales se sont portées acheteuses de titres qui ne trouvaient plus d'acquéreur. De ce point de vue, elles ont sauvé le système financier du risque d'effondrement. Leurs bilans ont été multipliés par cinq en moyenne et la création monétaire a défié tous les records.

Le problème technique rencontré depuis lors par les Instituts d'émission a été celui de la limite des taux 0. Dans leur politique postcrise, ils ont cru devoir baisser les taux directeurs à 0. Étant donné la faiblesse de l'inflation des prix à la consommation – celle-ci devenant parfois négative –, il aurait été souhaitable, pensait-on, de réduire les taux réels pour activer l'économie et le crédit et supprimer tout risque de déflation. Mais, du fait de la « butée » du taux 0 qui empêche les taux nominaux de devenir significativement négatifs, les taux réels ne pouvaient guère descendre davantage. Alors, l'idée a été de parer à cette impossibilité en faisant descendre les taux aussi bas que possible sur toute la courbe des rendements y compris sur les échéances longues. Cette politique « non conventionnelle » a amené les banques centrales à se porter acquéreurs de quantités croissantes de titres publics et privés afin d'en faire baisser au maximum le rendement.

Le *quantitative easing*[5] a assez bien fonctionné aux États-Unis pour deux raisons principales :

- Les trois quarts de l'économie étant financés par les marchés, la baisse des taux longs a eu un effet d'entraînement considérable.
- L'importance des achats de bons par la Fed a encouragé les investisseurs à se tourner vers les actions, d'où

5. *Quantitative easing* (QE) : aisance quantitative.

les hausses boursières qui ont accompagné le QE. Les investisseurs individuels étant très sensibles à l'« effet-richesse » dû à la hausse des actions ont rapidement augmenté leur consommation.

En Europe, les conditions sont différentes :

• Les trois quarts de l'économie étant financés par les banques, celles-ci, voyant leur rentabilité se réduire du fait de la baisse des taux (qui diminue leur marge), n'ont pas été en mesure de relancer l'économie.

• Les épargnants européens n'ont pas le même appétit au risque que les ménages américains : de fait, ils continuent d'accroître leur épargne en titres « sans risques » pour compenser la baisse des rendements de leurs avoirs, et ne se sont pas portés sur l'achat d'actions. La « répression financière » (c'est-à-dire la baisse imposée à 0 des taux d'intérêt) n'a pas changé la mentalité des épargnants européens, connus pour leur aversion au risque. Elle n'a pas non plus réduit l'épargne au profit de la consommation.

En Europe, les espoirs de la *quantitative easing* ont donc été, en grande partie, déçus, alors que les effets négatifs de la politique monétaire sur la stabilité du système financier, et notamment sur les entreprises d'assurance, posent de très gros problèmes.

Je serais tenté de penser d'une part que le danger de déflation a été majoré (en fait, c'est la chute du prix du pétrole qui a été la principale cause de la baisse des prix à la consommation) et d'autre part que les facteurs structurels ont été minimisés, bien que ce soient eux qui expliquent l'essentiel des rigidités et de la faible croissance, et non pas une prétendue insuffisance de la demande qu'il aurait fallu combler par de la création monétaire. J'ajouterai que le déficit de compréhension du cycle financier montre qu'il ne s'agit plus seulement d'erreurs d'appréciation, mais d'un défaut de réflexion fondamentale sur les conditions qui devraient présider à la conception de la politique monétaire et de son objectif de stabilité financière dans le monde qui est le nôtre.

*

En somme, la politique monétaire a changé d'ambition et de nature.

Alors qu'elle visait traditionnellement à lutter contre l'inflation et à lisser les creux et les bosses conjoncturels en agissant sur les taux courts, elle est devenue, en quelque sorte, « LA responsable des cycles », chargée de faire baisser les taux à long terme pour relancer continûment l'économie et assurer le plein-emploi.

Les conséquences de ces changements sont de différents ordres :

- La création de liquidités favorise une poussée de l'endettement et l'apparition de bulles d'actifs, annonciatrices de futures crises financières.
- Les marchés financiers, et notamment les institutions d'épargne et de retraite, sont profondément déstabilisés par l'imposition de taux 0 ; en effet, les bilans de ces organismes sont déséquilibrés : au passif des engagements longs et souvent garantis au profit des épargnants et retraités, à l'actif des placements dont le rendement approche 0.
- La *quantitative easing* amène les banques centrales à acheter une partie significative (environ les deux tiers dans la zone euro) des titres émis par les gouvernements nationaux. Ce faisant, en monétisant la dette publique et en maintenant les taux proches de 0, elles entrent

inévitablement dans le domaine budgétaire et politique, ce qui pose le problème de leur indépendance. Que se passerait-il si les taux devaient remonter ? Les banques centrales ne seraient-elles pas influencées par les conséquences de telles hausses de taux sur le coût de l'endettement public de certains États ? Un des inconvénients les plus graves de cette politique monétaire est peut-être la difficulté d'en sortir sans créer de crises aiguës.

Certains ont soutenu que les politiques monétaires « hyperaccommodantes » permettaient de gagner du temps et donc de faciliter aux États la prise de décision en matière de réformes.

Mais on peut se demander aussi si cette politique ne permet pas surtout aux États de temporiser et d'encourager, en fait, l'inaction ?

• L'idée selon laquelle plus de monnaie finira par résoudre les problèmes de fond risque d'être accréditée, alors qu'elle est illusoire.

*

Trop de responsabilités ont sans doute été dévolues à la politique monétaire. Elles ont incité les banques centrales et particulièrement la BCE à s'engager dans un activisme de plus en plus prononcé, alors que l'*output gap* (c'est-à-dire l'écart de production effective par rapport à la croissance potentielle) persiste en Europe et cela malgré l'existence de taux d'intérêt négatifs (voir graphique 10). Tout indiquait, me semble-t-il, que la priorité devait être accordée aux réformes structurelles et non à la création de liquidités par les banques centrales.

Graphique 10. Malgré la baisse des taux, l'économie ne repart pas

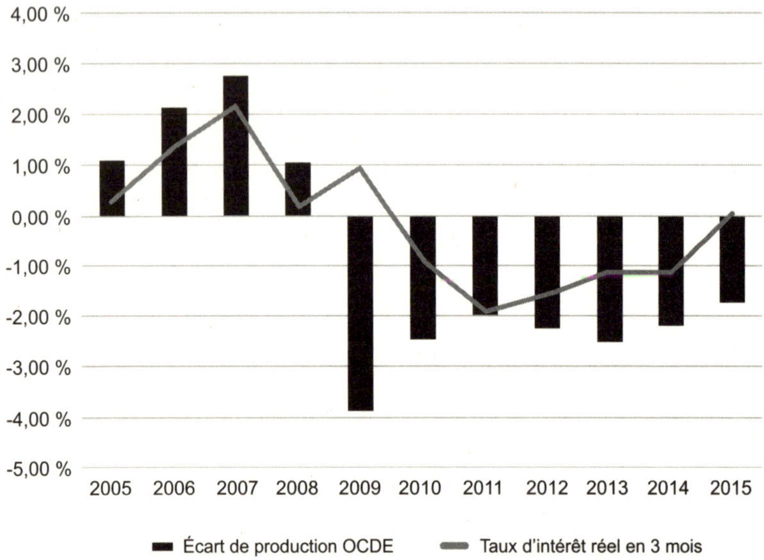

Source : OCDE, Economic Outlook, avril 2016.

L'écart négatif de production par rapport à la croissance potentielle (*negative output gap*) persiste dans les pays avancés depuis la crise de 2008, malgré des taux d'intérêt réels négatifs.

*

Il faut toujours se méfier de l'hyperactivisme.

Il est temps de reconnaître aujourd'hui que la politique monétaire européenne est entrée dans une phase de rendements décroissants et que sa poursuite pose plus de problèmes à la stabilité financière qu'elle n'en résout sur le plan de la croissance économique.

Il est temps de préparer graduellement les marchés à une telle « normalisation », avec les précautions nécessaires pour éviter des réactions trop brutales.

CHAPITRE VI

Les illusions de la « financiarisation » du système

La raison profonde de la financiarisation

J'ai essayé de montrer dans mon livre : *50 Ans de crises financières* (Odile Jacob, 2016), que l'effondrement du système monétaire international de Bretton Woods en 1971-1973 avait eu des conséquences profondes et délétères sur le fonctionnement de la finance mondiale.

Avant la chute de Bretton Woods, les gouvernements étaient tenus de respecter un minimum de discipline dans la conduite de leurs politiques économiques. Au cas où un pays aurait décidé de « dévier » par rapport à la performance moyenne acceptée par l'ensemble des autres membres du système, sa monnaie aurait été rapidement sanctionnée sur le marché des changes. Si l'inflation – conséquence de ces déviations – s'accentuait dans un tel pays, le taux de change de sa devise – en principe déterminé par un rapport fixe au dollar – aurait subi des tensions à la baisse qui auraient justifié une dévaluation. Mais le FMI, gardien de l'intégrité du système, ne pouvait accepter que chaque pays dévalue au gré de ses débordements. Le système de Bretton Woods ne l'eût pas toléré. Les dévaluations n'étaient certes pas impossibles mais elles devaient être négociées et assorties de conditions propres à éviter la répétition de tels écarts de performance.

En d'autres termes, le régime de Bretton Woods pouvait se définir comme l'adhésion à un système de discipline macroéconomique collective.

En août 1971 les États-Unis ont décidé de mettre fin à ce système parce que la guerre du Vietnam et l'État providence poussaient à la hausse leurs dépenses publiques et leurs déficits tout en affaiblissant le dollar. Plutôt que de dévaluer le dollar par rapport à l'or, l'administration américaine a préféré remettre en cause le système tout entier en supprimant la convertibilité du dollar en or – pilier de la discipline collective – et en appliquant unilatéralement des surtaxes à l'importation, ce qui équivalait à une dépréciation non négociée du dollar.

Après quelques essais infructueux de replâtrage (entre 1971-1973), le régime de taux de change fixes de Bretton Woods s'est mué en un système de flottement généralisé où chaque membre était libre de choisir son régime de change et de flotter à son gré.

L'importance de ce changement de paradigme

Il faut comprendre la portée de ce changement. Alors que, dans le passé, la discipline collective était cimentée par le respect de la fixité des changes, désormais c'était la liberté qui prévalait. Et, de fait, la liberté d'emprunter pour financer les déficits budgétaires mais aussi pour contenir les dépréciations monétaires des pays débiteurs a fini par prédominer.

C'est après la chute de Bretton Woods qu'on a assisté à la « financiarisation » du système et à l'accroissement indéfini de l'endettement.

L'abandon de la discipline des taux de change instituée à Bretton Woods a fait basculer le système mondial vers une tolérance maximale à l'égard des déficits courants, massifs et croissants, des États-Unis. En effet, les marchés – qui se sont substitués aux États et au FMI pour ce qui est du taux de change – n'exercent, en général, de pressions disciplinaires que lorsque la crise est déjà là.

Ce basculement s'est produit au moment où les marchés financiers commençaient à se développer et à s'internationaliser.

Il faut observer que, depuis une cinquantaine d'années, nous vivons dans un système de balances des paiements complètement déséquilibré où :

- Les États-Unis connaissent un déficit massif et continu de leur balance courante.
- Alors que les pays créditeurs (comme la Chine, d'autres économies asiatiques, les producteurs de pétrole

du Moyen-Orient, le Japon et plus tard l'Allemagne) enregistrent des excédents courants persistants.

Ce système comporte des conséquences monétaires et financières de grande ampleur :

• Il a permis une expansion record du crédit à l'échelle mondiale[1] car les déficits de balances des paiements ne sont plus sanctionnés.

• Les facilités dont ont bénéficié les États-Unis pour financer leurs déficits extérieurs ont encouragé ce pays à poursuivre une politique économique accommodante. En effet, les États-Unis ont pu éviter la « contrainte extérieure » qui, normalement, conduit les États déficitaires à prendre des mesures (monétaires ou budgétaires) nécessaires pour éviter une dépréciation continue de leur monnaie.

• La facilité offerte aux États-Unis pour le financement de leur déficit extérieur avait un corollaire : la fixation, par les pays créditeurs, de leur taux de change par rapport au dollar. Cette fixation entraînait automatiquement des achats de dollars sur le marché des changes par les banques centrales créditrices[2]. Elle avait trois effets :

– elle permettait aux pays créditeurs d'éviter une appréciation de leurs devises nationales qui aurait pu mettre en danger leur compétitivité ;

---

1. La dette globale est passée de 87 000 milliards de dollars en 2000, à 152 000 milliards en 2015 (soit 225 % du PIB mondial).

2. Pour obtenir leur monnaie locale, les exportateurs des pays structurellement créditeurs rapatrient des dollars versés par les importateurs étrangers. Mais, faute d'acheteurs de dollars sur le marché, la banque centrale des pays en cause se porte acquéreur des dollars ainsi reçus. Ces achats soutiennent le cours du dollar tout en évitant une appréciation de la monnaie locale de l'exportateur. Mais ils créent aussi de la monnaie, puisque la banque centrale achetant des dollars émet à due concurrence de la monnaie nationale.

– elle favorisait le gonflement de leur réserve de change ;
– elle évitait une trop forte dépréciation du dollar, qui aurait stimulé l'inflation américaine et obligé le gouvernement américain à resserrer sa politique économique.

Mais cette politique d'achat de dollars par les pays créditeurs a conduit à une forte expansion de la liquidité mondiale et à une baisse des taux d'intérêt sans précédent.

En somme, avec la disparition, en 1971-1973, d'un véritable Système monétaire international, l'accumulation – sans sanction – des déséquilibres structurels de balances des paiements était devenue la règle. La machine à créer de la liquidité mondiale pouvait continuer à tourner. Plus les États-Unis étaient en déficit, plus les pays créditeurs accumulaient de nouvelles créances en dollars, ce qui augmentait la liquidité mondiale (puisque le dollar restait la monnaie de réserve internationale)[3].

Mais les conséquences de cette politique de facilité ont été lourdes pour la stabilité financière. Un régime de flottement des taux de change dans lequel le dollar reste la devise prépondérante et vis-à-vis de laquelle les créanciers peuvent choisir librement de flotter ou de fixer leurs monnaies nationales, est voué à conduire :
– à l'excès de création de liquidités et de l'endettement ;
– au laxisme des politiques économiques ;
– à l'absence de mécanismes de prévention de crises.

3. Le dollar continue à être, *de facto*, la monnaie de réserve du système. Les dollars achetés par les banques centrales des pays créditeurs sont, en effet, comptés comme des réserves extérieures (et non seulement comme une dette du système financier américain).

C'est seulement cette analyse qui permet, à mon sens, de comprendre l'enchaînement qui a mené à la crise de 2007-2008 et à la « Grande Récession » qui l'a suivie.

Les États en étaient venus à penser qu'ils pourraient indéfiniment sortir par l'emprunt des contraintes des cycles économiques. Aussi la dette publique – tout comme la dette privée – a-t-elle explosé.

Les banques centrales – tirant parti de la « grande modération » de l'inflation – ont cru devoir réduire les taux d'intérêt à des niveaux très faibles depuis le début des années 2000. La hausse du crédit et la montée du prix des actifs qui en résultaient n'inquiétaient guère tant les Instituts d'émission étaient centrés sur l'indicateur des prix à la consommation, lui-même influencé à la baisse par l'importation de produits asiatiques incorporant de faibles coûts de main-d'œuvre.

Une politique d'aisance monétaire se traduit en général par davantage de crédit, mais aussi par une augmentation des risques, en raison du fait que l'offre d'actifs à bas risques est limitée. Dans un environnement de taux bas (les taux de la Fed ont été négatifs, en termes réels, de 2002 à 2005), la course aux rendements et aux actifs risqués était devenue irrépressible.

Une économie artificiellement soufflée par l'aisance monétaire a conduit à l'illusion de la stabilité financière (les banques centrales étant rassurées par les « bons » résultats des banques) et à la faiblesse des primes de risque.

L'enchaînement était devenu dangereux : l'abondance du crédit entretenait la demande et nourrissait la hausse du prix des actifs (immeubles, titres).

À son tour, la hausse des actifs produisait des « effets-richesse » qui, eux-mêmes, stimulaient la demande et le crédit (« plus je crois être riche du fait de la montée de la valeur de mes actions ou de mon logement, plus je puis emprunter »).

Cet appétit pour les actifs risqués, dans un environnement de taux bas, a conduit à une détérioration de la sécurité des placements et a favorisé la faiblesse du contrôle exercé par de nombreuses banques sur la qualité des projets qu'elles finançaient.

De fait, depuis les années 1990, la politique monétaire – centrée trop exclusivement sur le contrôle de l'inflation des prix à la consommation – s'est désintéressée des bulles de crédit et du prix des actifs. Toujours plus de crédits, donc plus de risques : la recette d'une crise financière majeure était programmée !

Quant aux déficits budgétaires publics, ils ont aggravé le problème en rendant les États de plus en plus dépendants des marchés. Alors que le ratio dette publique/PIB des pays industrialisés oscillait, il y a quarante ans, autour de 20 %, il se situe aujourd'hui entre 80 et 120 % !

Les banques, et tout particulièrement celles qui étaient relativement peu dotées en dépôts, ont investi, souvent imprudemment, en produits financiers complexes (à base de *subprimes* notamment) et, pour cela, ont massivement emprunté – sous forme d'opérations sur les marchés de gros (*wholesale funding*) – auprès des « non-banques ». Mais ces ressources se sont brutalement taries en 2007, ce qui a précipité la crise.

*

Au total, on s'interroge encore – sans avoir de réponse claire – sur ce qu'a pu représenter l'apport concret à la croissance économique des vingt dernières années d'innovations financières.

Examinons quelques aspects de cette financiarisation.

• La « finance » en était arrivée à représenter, au moment de la crise de 2007-2008, quatre fois le PIB mondial.

• Les profits des institutions financières aux États-Unis ont représenté, avant la crise, jusqu'à 30 % du total des bénéfices de toutes les entreprises du pays, alors que la valeur ajoutée de ces institutions dans le total du PIB américain était de l'ordre de 8 % (contre 3 % en 1950).

• Le taux de croissance du crédit a atteint pendant des années le double de celui de la croissance de l'économie (environ 10 % pour le crédit et 4 à 5 % – en termes nominaux – pour l'économie).

Ce passage à une économie d'endettement n'était pas sans risques.

• La croissance du crédit peut, certes, stimuler la demande à court terme mais, à plus long terme, le processus, quand il s'emballe, devient destructeur de croissance. La succession des crises financières à laquelle il donne lieu entraîne, en effet, des périodes de désendettement longues et défavorables à l'économie.

• Les retours sur capital des grandes institutions financières mondiales ont progressé jusqu'à dépasser 20 % par an en moyenne, soit à peu près deux fois le chiffre enregistré par le secteur non financier.

• Le *leverage* des banques (multiplicateur-crédit des fonds propres) a atteint, avant la crise, des proportions inconnues dans l'histoire (des taux de levier de

50 à 100 fois alors que les moyennes traditionnelles étaient plus près de 10 à 20)[4].

• La titrisation, c'est-à-dire la capacité qu'ont les banques à sortir les crédits de leurs bilans pour les vendre sur le marché, a enregistré des records absolus (environ 5 trillions de dollars titrisés en 2006 contre un trillion en 2000).

• Le *shadow banking system* (banques parallèles non ou peu réglementées : *hedge funds, dark pools, GSE – Government Sponsored Enterprises –, money market funds*, etc.) représentait environ 16 000 milliards d'actifs au moment de la crise, soit plus que le secteur bancaire régulé (13 000 milliards).

• L'encours notionnel des dérivés a explosé (700 000 milliards de dollars de dérivés de gré à gré en juin 2011 par rapport à un encours de 100 000 milliards en 2000). Il constitue une masse sans rapport avec les sous-jacents économiques (l'encours notionnel brut des seuls *credit default swaps* [CDS] représente environ 40 % du PIB mondial).

• Nombre d'institutions financières – en principe destinées à intermédier l'épargne des déposants vers les entreprises – ont fini par faire « tourner en vase clos » leurs opérations en faisant assurer par d'autres institutions (comme AIG[5]) les protections et garanties vendues à leurs clients, ce qui explique la masse accumulée du notionnel brut des CDS. De fait, une grande partie de

4. Avec 10 de fonds propres, une banque peut financer 100 de crédits avec un levier de 10. Avec un levier de 100 elle peut financer 1 000 de crédits.

5. AIG : American Insurance Group, la plus grosse compagnie d'assurances américaine qui s'est engagée dans l'offre massive de couvertures financières aux banques internationales. L'État américain a renfloué AIG à grands frais pour sauver les banques clientes de ce groupe.

leurs transactions s'effectuait entre elles, sans lien direct avec l'économie.

• La croissance de la liquidité créée par les banques centrales a été beaucoup plus rapide que celle de la richesse produite.

On peut ajouter que la déréglementation générale depuis les années 1980 ainsi que l'innovation ont favorisé l'expansion et l'intégration géographique des marchés. L'hypothèse des marchés rationnels et efficients[6] – qui ne s'appuie sur aucun fondement scientifique – était devenue un dogme. Elle s'est propagée depuis les années 1970 et a influencé les décideurs : la hausse des valeurs boursières est devenue un objectif stratégique prioritaire des chefs d'entreprise et les a souvent conduits à privilégier la gestion et la recherche des profits à court terme.

L'application de la règle comptable de la *full market value* à l'ensemble des actifs détenus par les banques a contribué à favoriser la croissance des opérations de marché (*trading books*) et à donner au système un biais procyclique dangereux : en période d'euphorie, les bilans et les profits montent. Mais, en cas de retournement, c'est l'inverse et les institutions financières sont alors contraintes de vendre leurs actifs, ce qui précipite leur chute.

• Enfin, le développement des opérations de marché a été fortement encouragé par les rémunérations excessives des traders, sans mentionner celles des dirigeants des banques. Cette incitation a joué un rôle indéniable dans la prise de risques de nombre d'institutions financières.

6. Hypothèse selon laquelle les opérateurs sont rationnels et bien informés : il en résulte la croyance selon laquelle les marchés, lorsqu'ils dévient des valeurs « fondamentales », s'autocorrigent et reviennent assez rapidement à l'équilibre.

*

Les marchés peuvent être dangereux dès lors que la création de liquidité mondiale s'effectue sans contrôle. Leur simple taille jointe à leur volatilité, leur sensibilité aux événements, aux craintes, aux rumeurs, à la spéculation... peuvent « emporter » dans la tourmente et la crise systémique un émetteur, un pays, voire un ensemble de pays.

Nous l'avons vu en 2007-2008. Nous l'avons vu aussi en Europe en 2010-2011 lors de la crise des dettes souveraines.

Mais, si les marchés sont devenus menaçants, c'est en grande partie parce que, depuis trente ans, les dérives que j'ai évoquées (absence de discipline des changes, bas taux d'intérêt, emballement du crédit, irresponsabilité budgétaire, sous-évaluation des risques, déréglementation motivée par la croyance implicite en la rationalité des agents économiques, faiblesse de la supervision financière, rémunérations exagérées, etc.) ont été non seulement tolérées mais souvent encouragées par les pouvoirs publics.

Certes, les avertissements donnés par les marchés peuvent être tardifs (voir l'attitude des agences de notation qui, en général, ne détectent pas à temps les « points d'inflexion » pertinents), il n'en reste pas moins qu'ils sont le résultat, en grande partie, de politiques défaillantes et d'errements prolongés qui ont eu pour effet de rendre les États plus dépendants de la finance.

C'est donc des causes et des effets de ces décennies de dérives qu'il faut s'occuper si l'on veut espérer faire

« rentrer les tigres dans leur cage » et modérer la « dictature » des marchés.

Est-ce possible ? Sans doute, à condition d'énoncer les vrais problèmes et de faire preuve de bon sens et d'une certaine humilité intellectuelle.

Quand il n'y a plus de système monétaire international, mais seulement une mosaïque de taux de change plus ou moins flottants, on peut légitimement rêver de la restauration de mécanismes effectifs de coopération économique et de surveillance multilatérale auxquels les grandes puissances se soumettraient pour éviter la poursuite des déséquilibres structurels. Le marché financier est global, mais les politiques économiques restent nationales : cette hétérogénéité est la source de bien des problèmes.

Face à une politique monétaire qui s'est trop longtemps désintéressée de la stabilité financière et des bulles de crédit, on peut espérer que l'approche des banques centrales se modifie en profondeur et que la surveillance des risques systémiques devienne une de leurs missions principales.

Quand certaines banques sont tentées de courir des risques excessifs et de prendre, pour leur compte, des positions spéculatives, on doit leur interdire de spéculer avec l'argent des déposants. C'est ce qu'ont fait les États-Unis en interdisant le *pure propietary trading* (Volcker Rule) ainsi que la réglementation de Bâle, qui soumet de telles opérations à des obligations en capital très dissuasives.

Quand les déficits et les dettes publiques dépassent les normes raisonnables et que les marchés pourraient, à tout moment, hésiter à les financer, il faut une vraie remise en cause du laxisme des politiques budgétaires.

C'est possible, mais cela réclame de l'énergie (les dévaluations répétitives ne sont, du reste, nullement une manière d'échapper durablement à cette nécessité, en raison de l'appauvrissement et du tarissement des entrées de capitaux qu'elles entraînent).

Quand les « non-banques » font, en fait, le métier des banques, mais sans les mêmes obligations de capital et de réglementation, il faut reprendre le contrôle de ce secteur (qui, naturellement, attire les activités les plus risquées et désormais trop coûteuses en capital pour les banques proprement dites). C'est un chantier non encore suffisamment traité.

Quand on peut continuer à s'assurer – sur le marché des CDS – contre le défaut d'un souverain ou d'une entreprise, sans même détenir de titres de ces émetteurs (« *naked* CDS »), c'est qu'il y a quelque chose de profondément vicié dans l'approche des régulateurs.

On pourrait continuer cette liste…

Dictature des marchés ? Sans doute. Mais qui les a déréglementés et laissés se mettre en position de nuire ? Qui a laissé se développer l'endettement systématique ? Ne regardons pas seulement les symptômes, mais traitons les causes.

Parce que l'aveuglement collectif et la facilité générale ont favorisé l'explosion des risques, l'excès de crédit, l'asymétrie d'information, la faiblesse des agences de notation ainsi que les comportements grégaires, tout cela entraînant une crise sans précédent, il est devenu clair que l'on ne peut plus compter sur les marchés pour se discipliner eux-mêmes. Il faut donc agir en faveur de la mise en œuvre d'un système financier au service de l'économie, d'un système financier qui retrouve enfin son rôle premier : allouer efficacement l'épargne à l'investissement. J'y reviendrai un peu plus tard.

Ce monde hyperfinanciarisé assure-t-il au moins le financement à long terme de l'économie mondiale ?

On pourrait, instinctivement, le croire. Mais la réponse est loin d'être évidente.

L'équation épargne-investissement à long terme, d'un point de vue global

1. *La croissance et l'emploi dépendent de fonds à long terme qui s'investissent dans des projets susceptibles d'accroître la capacité productive de l'économie.*

Ce qui signifie qu'il faut porter une grande attention à la qualité et à la rentabilité des projets (y compris la rentabilité « sociale » à long terme des investissements immatériels, dans la recherche par exemple).

Le monde a besoin d'épargnants et d'investisseurs qui aient un horizon de long terme et qui disposent d'instruments financiers adaptés.

2. *Mais on constate que le système financier mondial n'assure pas, avec une efficacité suffisante, le financement à long terme de l'économie.*

D'abord, parce que la demande mondiale de financements longs augmente partout, en particulier dans le domaine de la protection de l'environnement, alors que l'offre de ressources provenant de l'épargne a tendance à raccourcir son horizon.

En effet, une population vieillissante – phénomène qui ne frappe pas seulement les pays dits « industrialisés » mais aussi une grande partie des pays émergents, dont la Chine – a tendance à se tourner naturellement vers des instruments financiers considérés comme moins risqués, c'est-à-dire plus courts.

En deuxième lieu, nombre de pays émergents, comme la Chine, vont accroître leur consommation du fait de l'accès de nouvelles couches de la population à des niveaux de revenus supérieurs.

En troisième lieu, les budgets publics contribueront de moins en moins au financement des projets d'infrastructure, en raison de la nécessité qui s'impose à un grand nombre d'États surendettés d'assainir leurs finances publiques.

Enfin, les banques, du fait de la crise et des nouvelles réglementations, sont engagées – pour ce qui est des pays industrialisés – dans un mouvement inéluctable de réduction de leur exposition au risque (*deleveraging*). Les conséquences de ce phénomène sont particulièrement aiguës en Europe du fait de l'importance centrale du rôle qu'y jouent les banques dans le financement de l'économie (celle-ci est financée par les banques à hauteur de 75 %, à l'inverse de ce qui se passe aux États-Unis où ce sont les marchés qui prédominent pour les trois quarts). Cette tendance affecte aussi bien les flux que la durée des financements bancaires.

Dans la mesure où les banques sont les seuls acteurs à pouvoir transformer des ressources courtes en emplois longs, cette tendance au *deleveraging* ne pourra qu'influencer négativement les financements longs et en renchérir le coût.

Les évolutions globales du couple épargne-investissements longs n'apparaissent guère favorables à l'Europe

LE BOUCLAGE DE L'ÉQUATION MONDIALE

Si l'on ramène le « monde » aux neuf principales économies (États-Unis, Japon, Allemagne, France, Royaume-Uni, Chine, Inde, Brésil, Mexique), qui représentent environ 60 % du PIB mondial, on peut estimer[7] l'évolution de leurs investissements à long terme de la façon suivante.

En 2010, ces économies avaient consacré 11,7 trillions de dollars à leurs investissements à long terme.

En 2020, en tenant compte des prévisions de croissance calculées par les principales institutions internationales, ces investissements longs s'élèveraient à 18,8 trillions, soit un accroissement des besoins de financement qui atteindrait 7 trillions environ (ces investissements passeraient de 30 à 34 % du PIB des pays en cause).

La moitié environ de cet accroissement serait absorbée par la Chine. Les États-Unis bénéficieraient de 23 % de l'augmentation (sur la base d'une croissance

---

7. Voir *Rapport McKinsey Global Investment* « Farewell to cheap capital ? The implications of long-term shifts in global investment and Saving », McKinsey Global Institute, 2010.

économique de 2,6 % par an). Les pays émergents, autres que la Chine, absorberaient, pour leur part, 18 % de la croissance des investissements longs. Quant à l'Europe, elle ne ferait l'objet que d'une faible croissance économique (1,5 % en moyenne annuelle) et, de ce fait, n'augmenterait que de peu ses investissements longs, tendance qui ne pourra que favoriser, à son tour, la décélération de son économie. En effet, ce raisonnement est autopénalisateur.

Certes l'investissement est influencé par la croissance telle qu'elle résulte de la réalité de l'offre et de la demande, et des rigidités de l'économie, mais si les ressources financières sont disponibles, elles peuvent aussi permettre d'anticiper sur la croissance et favoriser l'offre productive et la croissance potentielle.

LES ÉVOLUTIONS À MOYEN TERME SONT PRÉOCCUPANTES POUR L'EUROPE

1. *Les pays émergents*, dont l'épargne est encore considérable – particulièrement en Chine – pourront sans doute assurer leurs besoins – en forte croissance – d'investissements longs, pour peu que les systèmes financiers locaux soient stables. Mais ils verront l'horizon de leurs investisseurs se raccourcir pour les raisons évoquées plus haut.
2. *Les États-Unis*, où l'épargne des ménages est faible, voient pourtant le financement à long terme de leur économie sous un jour relativement favorable :

– du fait de l'ampleur et de la liquidité de leur marché financier (irrigué en grande partie par l'extérieur) et, en particulier celui des *corporate bonds* ;

– du fait de l'importance de l'autofinancement des entreprises américaines ;
– du fait de la place considérable des actions détenues par les compagnies d'assurances (32 % de leur portefeuille en 2011, contre 30 % en 2001, alors qu'en Europe, pour des raisons en partie réglementaires, le ratio a chuté pendant la même période de 22 à 11 %).

3. *L'Europe* verrait une quasi-stagnation de son effort d'investissement à long terme si l'on se fie aux prévisions de croissance les plus répandues. Cela s'explique notamment par :
– l'évolution de la démographie ;
– la relative faiblesse des marchés financiers ;
– l'existence de taux d'intérêt très bas ;
– l'aversion au risque des épargnants individuels, entretenue par une fiscalité pénalisante ;
– le compartimentage des mouvements de capitaux en Europe ;
– l'excès, dans certains pays, de la dépense publique et des prélèvements obligatoires ;
– le rôle joué par les réglementations dans l'accélération de la désintermédiation bancaire ;
– et la tendance au raccourcissement de l'horizon des fonds de pension et des compagnies d'assurances, tendance fortement aggravée par Solvency II, réglementation exclusivement européenne qui pénalise la détention d'actifs longs et d'actions par les assureurs.

Quelles sont les leçons, pour la France, de ce diagnostic ?

Comprenons, tout d'abord, ce que sont les circuits de financement de l'économie française.

Le graphique 11 (voir en fin de chapitre) montre que c'est l'épargne des ménages – intermédiée par le système financier – qui assure le financement de notre économie :

• Pour la France de fin 2016, le circuit de financement de l'économie pouvait se résumer comme suit (en encours – chiffres arrondis) :

– les ménages fournissaient 3 500 milliards d'euros d'épargne nette ;
– le reste du monde fournissait 300 milliards d'euros d'épargne nette.

Soit, au total, 3 800 milliards qui financent :

– 1 800 milliards de l'endettement public (nets) ;
– 2 200 milliards de besoins nets des entreprises.

Ce qui frappe, à la lecture de ces chiffres, c'est :

• La prépondérance de l'épargne en provenance des ménages : 3 500 milliards sur 3 800, soit plus de 90 % du total.

• La place considérable et disproportionnée du financement des déficits publics (45 % du total) dans l'utilisation de l'épargne (l'essentiel finançant des dépenses courantes et non de l'investissement).

• C'est aussi le rôle fondamental de l'intermédiation financière qui recycle l'épargne brute (20 000 milliards d'euros) vers les besoins traditionnels bruts (entreprises non financières : 9 000 milliards ; ménages :

1 400 milliards ; administrations publiques : 3 150 milliards et l'extérieur : 6 700 milliards).

• C'est, enfin, le rôle majeur joué par les banques dans la transformation d'une épargne courte (6 000 milliards) en emplois longs (11 000 000 milliards).

Je reviendrai plus tard sur les orientations qui se dégagent pour la France, de ces données globales.

Il résulte de cette analyse que :

• L'épargne des ménages est un atout pour notre pays ; elle est la condition de l'investissement.

• Elle devrait donc être protégée et non, comme c'est aujourd'hui le cas des placements en actions et en fonds propres d'entreprises, fiscalement pénalisée au profit de l'endettement.

Au total, il semble que l'équation épargne-investissement à long terme va se compliquer au cours des prochaines années pour l'Union européenne.

• L'épargne des ménages est encore abondante, mais elle souffrira du vieillissement rapide de la population. Celui-ci raccourcit l'horizon de l'épargnant et accroît son aversion au risque, d'où le rôle essentiel d'un système d'intermédiation vigoureux et efficace entre épargne et investissement.

• L'investissement à long terme, notamment dans les infrastructures, devrait augmenter plus vite que la croissance constatée : c'est là la condition de la reprise de la croissance potentielle qui détermine notre avenir. Mais cela suppose que l'ingénierie financière soit adaptée et fonctionne bien : en effet, l'articulation entre banques, initiatrices des projets d'infrastructure, et le marché, qui finance les échéances plus longues, est essentielle. Il faut

Graphique 11. L'épargne des ménages assure 90 % du financement de l'économie française

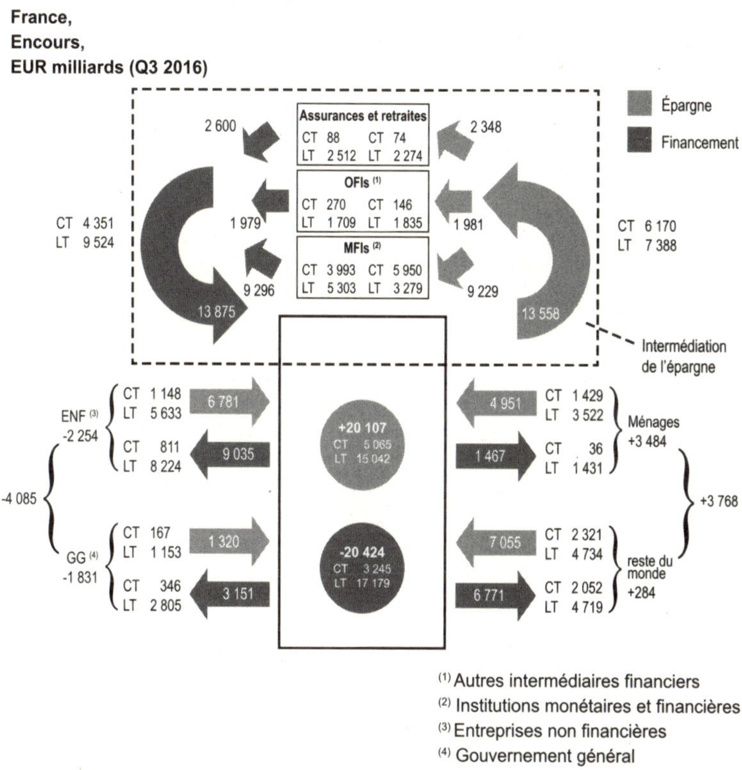

Sources : ECB, BNP Paribas.

L'intermédiation bancaire assure la transformation d'une épargne courte en emplois longs.

veiller à ce que les banques et les grandes institutions du marché (assurances, fonds de pension) ne soient pas découragées de détenir des titres longs à leurs bilans. Malheureusement, la réglementation européenne est paradoxalement désincitatrice à cet égard.

CHAPITRE VII

Que faire ?

Les « lames de fond » sont là et atteignent, avec plus ou moins d'intensité, toutes les économies mondiales.

Le « problème français »

La France – on l'aura compris en parcourant les analyses qui précèdent – est particulièrement touchée par certaines évolutions structurelles dont on a eu tendance jusqu'ici à traiter plutôt les symptômes que les causes. Mais elle est aussi très en retard sur certaines réformes de politique économique et budgétaire qui ont été différées depuis trop longtemps.

Ce qu'il ne faut pas faire

Avant d'évoquer les pistes à suivre, jetons un coup d'œil sur ce qu'il ne faut *pas* faire. Je vais citer trois « fausses solutions » qui procèdent d'une erreur de diagnostic :

NE PAS RELANCER LA DEMANDE PAR LA DÉPENSE BUDGÉTAIRE

La France connaît une croissance faible (de 1 %) et un chômage anormalement élevé. La tentation chez certains est de « relancer l'économie » par un accroissement des dépenses budgétaires. Cette méthode, dite « keynésienne », me paraît tout à fait contre-indiquée dans les circonstances actuelles de notre pays.

En effet, la stimulation de la demande par le déficit public dans une situation où, du fait de nos rigidités, l'offre et la production intérieures ne « suivent » pas, est une recette pour augmenter les importations et dégrader encore davantage à la fois nos comptes publics et notre balance des paiements.

C'est, du reste, ce qui vient de se produire avec la baisse des cours du pétrole depuis 2015. Cette baisse considérable (de 100 dollars à 50 dollars le baril) équivaut à un choc positif important en faveur de la demande intérieure puisque, à revenu constant, les ménages peuvent consommer davantage. On peut ajouter les effets favorables pour les exportations découlant de la baisse de l'euro et des taux d'intérêt proches de 0.

La France a donc vu s'ouvrir depuis deux ans une rare fenêtre d'opportunité : baisse des taux longs, baisse de l'euro, baisse du prix du pétrole.

L'économie française a-t-elle profité de ce contrechoc pétrolier et de cette fenêtre d'opportunité exceptionnelle ? La réponse est malheureusement négative. À cause précisément des problèmes d'offre évoqués ci-dessus et des rigidités d'un appareil productif insuffisamment compétitif, l'économie a très peu bénéficié de cette manne. L'essentiel a servi à financer un surcroît d'importations et donc à soutenir... l'économie de nos voisins.

La France est le seul grand pays de la zone euro à présenter encore, depuis des années, un déficit de sa balance des paiements courants.

J'ajoute que la taille de notre endettement public (100 % de notre PIB) doit nous conduire à réduire son poids et non à l'accroître. La charge du service de notre dette publique est de plus de 40 milliards d'euros (soit le deuxième poste du budget après l'Éducation nationale).

Mais il faut observer que ce sont les taux d'intérêt très faibles qui prévalent aujourd'hui qui ont permis de faire reculer le coût du service de notre dette à ce niveau très bas. Qu'en sera-t-il quand les taux remonteront ? Il ne faut jamais oublier l'enseignement du théorème de Harrod-Domar : « Lorsque les taux d'intérêt de la dette publique dépassent le taux nominal de croissance d'un État, sa dette croît à l'infini. » Telle est la situation où nous sommes, tant qu'une sérieuse diminution de la dépense publique n'aura pas été engagée[1].

C'est là une de nos faiblesses sur laquelle je reviendrai.

1. La charge du paiement des intérêts sur la dette publique française apparaît aujourd'hui relativement faible (environ 2 % du PIB). Il faut savoir que cela n'est rendu possible que par la politique monétaire de la BCE qui maintient les taux à des niveaux extrêmement bas. Mais, en raison de la faible croissance de l'économie et de la persistance de nos déficits budgétaires, notre endettement public continue à augmenter inexorablement. Pour arrêter cet enchaînement insoutenable, il est impératif de commencer à stabiliser la dette en réduisant le déficit. Avec la normalisation, attendue, de la politique de la BCE, nos finances publiques devront faire face à des pressions accrues. Notre « déficit primaire » (sans les intérêts) devra être éliminé (il est de l'ordre de 1,5 % du PIB) en attendant que l'on dégage un surplus.

NE PAS AUGMENTER LES COTISATIONS RETRAITE

Dans la même veine, le gouvernement a choisi en 2014 de traiter le problème du déficit de nos régimes de retraite en privilégiant l'axe de l'augmentation des cotisations – déjà excessives – alors qu'il aurait fallu mettre l'accent sur l'allongement de la durée de la vie active. Ce choix ne corrige pas le problème structurel dont souffrent nos régimes de retraite, mais ne fera que surcharger le poids de la taxation sur le travail qui plombe la compétitivité de nos entreprises et l'emploi.

D'une manière plus générale, il ne faut pas se tromper de diagnostic. On entend aujourd'hui des organismes comme l'OCDE et le FMI prêcher un basculement de la politique macroéconomique de la politique monétaire (qui a épuisé ses effets) vers une politique budgétaire plus dynamique, c'est-à-dire plus déficitaire.

Je crois qu'une telle prescription – formulée en termes trop généraux – est dangereuse. Les pays déficitaires depuis longtemps ne trouveront pas le salut dans l'accroissement des dépenses publiques mais dans les réformes qu'ils ont trop longtemps différées.

NE PAS SORTIR DE L'EURO

La sortie de l'euro serait lourde de conséquences négatives pour notre pays.

En ce qui concerne les problèmes économiques de fond évoqués dans ce livre, la sortie de l'euro serait tout à fait contre-indiquée. Elle conduirait, en effet, à une dépréciation de la monnaie dont les marchés nous disent déjà qu'elle serait de grande ampleur.

Or une telle dépréciation ne « remettrait pas les pendules à zéro » en faisant bénéficier nos exportations, pour l'avenir, d'une compétitivité-prix retrouvée.

Pourquoi ?

Parce qu'une dévaluation n'est utile que si les prix intérieurs sont plus élevés que ceux de la compétition. La baisse du taux de change permet alors aux exportateurs d'augmenter leurs marges et de baisser leurs prix afin de regagner des parts de marché. Encore faut-il que les exportateurs aient la capacité de tirer profit de cet avantage en produisant davantage. Or c'est là que le bât blesse en France.

Ce qui freine nos exportations ce n'est ni l'inflation (nos prix à la consommation sont plutôt plus faibles qu'en Allemagne) ni même le niveau des salaires (il est comparable à celui de notre concurrent d'outre-Rhin). C'est que notre appareil productif, alourdi d'impôts et de charges sociales (dus à l'excès de nos dépenses publiques), peine à investir, à innover, à recruter et à produire, notamment pour développer les exportations de haut de gamme qui nous permettraient de gagner des parts de marché dans un monde de plus en plus compétitif.

Il faut comprendre que dans un tel environnement structurel, une dévaluation n'aiderait guère nos entreprises à devenir durablement plus performantes. Si leurs charges étaient maintenues, voire augmentées (comme cela serait vraisemblablement le cas, puisque les tenants de cette option annoncent déjà une hausse massive de nos dépenses publiques pour atténuer les effets négatifs de l'opération sur le pouvoir d'achat), le problème de la sous-compétitivité de nos exportations perdurerait.

En définitive, l'opération ne se traduirait pas par une renaissance de nos exportations manufacturées (ce qui serait la seule justification de ce type de décision). « Un coup de fouet sur un cheval malade ne peut le faire avancer. »

En revanche, elle produirait les effets classiques de toute dévaluation :

• Remontée du coût des importations (ce qui est particulièrement problématique dans un monde où les exportateurs doivent importer de plus en plus de composants, étant donné l'internationalisation croissante des chaînes de production).

• Alourdissement du poids de la dette. Quand un pays a une dette publique qui frôle 100 % de son PIB, il devrait être extrêmement prudent sur la question de sa parité. Imaginons ce que deviendrait le coût d'une dette publique dont les taux d'intérêt de marché augmenteraient de plusieurs centaines de points de base (comme cela a été le cas pendant la crise souveraine des pays de la périphérie de l'euro en 2010-2012). Au surplus, le poids de la dette exprimé en monnaie locale serait accru du taux de la dévaluation… Ce serait un nouveau « boulet à la cheville » des entreprises et des contribuables.

Rien de ce qui constitue la faiblesse fondamentale de nos performances à l'exportation ne saurait être résolu par une opération monétaire :

- le caractère dissuasif d'un SMIC qui ne tient pas compte des différences de qualification ;
- l'insuffisance de formation professionnelle ;
- les rigidités de notre système de contrats de travail ;
- les charges excessives qui pèsent sur les entreprises (la France tient le record du taux de cotisations sociales à la charge des employeurs).

Tout cela resterait inchangé.

*

Au total, l'opération serait immensément perdante pour la France :

– les obstacles à la croissance et à l'emploi demeureraient ;
– l'augmentation du coût de nos importations réduirait le pouvoir d'achat de nos concitoyens ;
– la charge de notre dette exploserait ;
– la croissance en souffrirait ;
– le pays s'appauvrirait (alors que les mesures de redressement proposées dans ce livre sont, au contraire, toutes axées sur la régénération de notre appareil productif et sur la renaissance de l'emploi) ;
– notre pays s'enfoncerait dans la logique dangereuse d'une économie fermée et tournerait le dos à des décennies de progrès.

Ce qu'il faudrait faire

L'exemple de l'Allemagne – notre partenaire clé, si nous voulons une Europe vivante – nous invite sinon à l'imiter, du moins à réfléchir. Ce pays est également concerné par nombre de dérives fondamentales. Il est même plus atteint que la France par la chute de la fertilité et le déclin démographique.

Néanmoins, l'économie allemande est plus prospère que la nôtre :

Graphique 12. PIB par tête (base 100 = 1980)

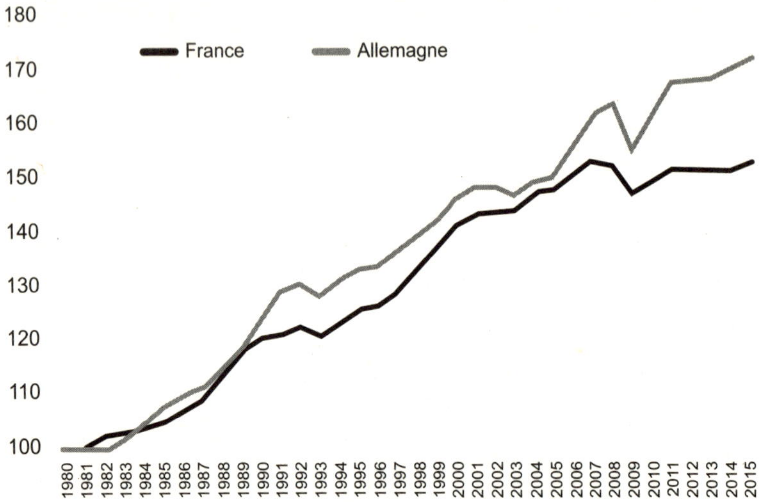

Source : OCDE.

Le PIB par tête correspond au PIB total divisé par la population totale.

Graphique 13. Taux de chômage
(en % de la population active)

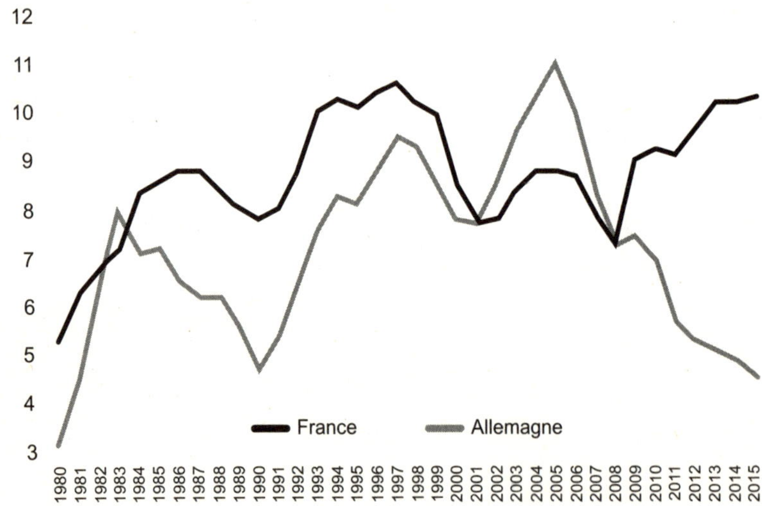

Source : OCDE.

Graphique 14. Solde des paiements courants (en % du PIB)

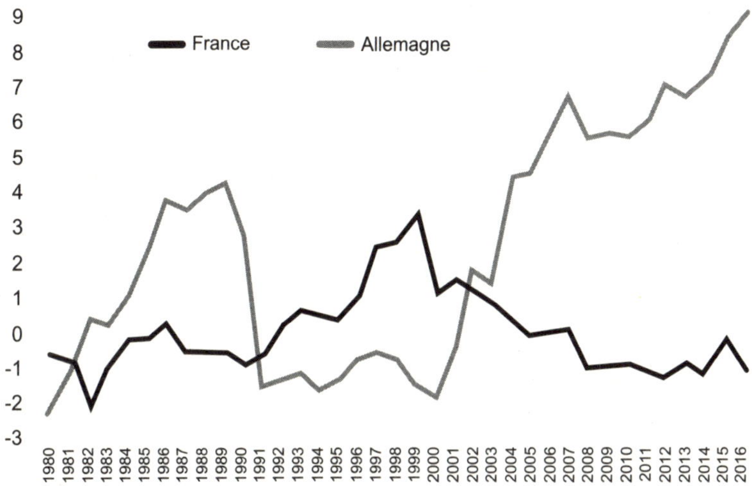

Source : OCDE.

Le solde des paiements courants cumule le solde des échanges internationaux de biens et services (ou balance commerciale), ainsi que le solde des revenus du travail et du capital et la solde des transferts courants entre le pays concerné et le reste du monde.

• Le PIB par tête progresse plus vite depuis 1990 – il a atteint 32 300 euros en 2012 contre 28 500 euros en France (voir graphique 12).

• Le plein-emploi est assuré : moins de 5 % de la population active est au chômage contre 10 % en France (voir graphique 13).

• Le budget est en excédent et la dette publique poursuit sa réduction.

• Le taux d'emploi de la population est de 95 % contre 90 % en France ; l'écart entre les deux pays s'étant creusé depuis 2008.

• L'industrie est prospère et exporte alors qu'elle régresse en France et que notre balance des paiements courants est en déficit (voir graphique 14).

Si l'on veut non pas copier un prétendu « modèle allemand », mais comprendre pourquoi la situation économique et sociale outre-Rhin est sensiblement meilleure que la nôtre et essayer d'améliorer nos propres performances, il convient d'analyser les différences entre les deux pays en ce qu'elles ont d'essentiel. C'est la seule façon, me semble-t-il, de pouvoir avancer sur la voie d'un redressement de notre pays.

Cette comparaison amène à faire plusieurs constatations :

• *Le poids de la dépense publique* est sensiblement plus faible en Allemagne qu'en France :

Allemagne	44 % du PIB
France	57 % du PIB
Moyenne européenne	49 % du PIB

• Il s'ensuit que les prélèvements obligatoires sont plus élevés en France (45 % du PIB contre 37 % en Allemagne), ce qui obère les entreprises françaises (voir graphique 15) et absorbe une part excessive de leurs marges au détriment de l'investissement et donc de la croissance future[2].

• La France ne parvient à boucler la contrainte « trop de dépenses publiques, trop de prélèvements » qu'en empruntant sur le marché financier, avec un déficit annuel de plus de 3 % du PIB, ce qui grossit notre

2. En France, 44 % des cotisations sont financées par les employeurs, c'est-à-dire par le travail (le pourcentage est de 34 % en Allemagne).

Graphique 15. Taux de prélèvements obligatoires (en % du PIB)

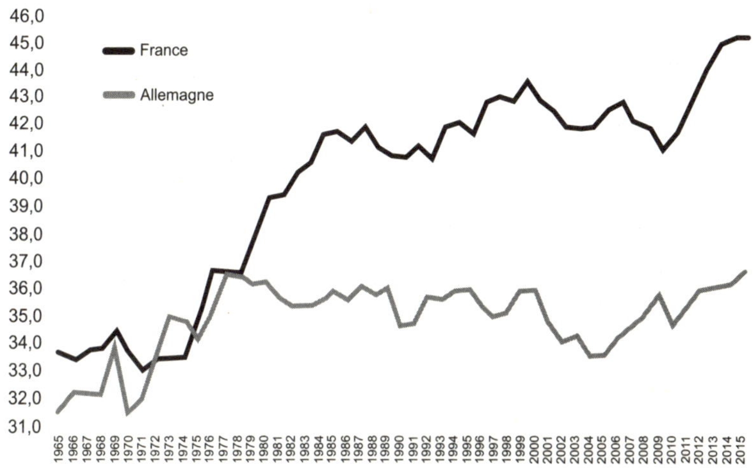

Source : OCDE.

Le taux de prélèvements obligatoires rapporte l'ensemble des prélèvements obligatoires, fiscaux et sociaux, au produit intérieur brut. Il mesure l'emprise du secteur public sur les agents économiques.

dette publique déjà excessive (100 % du PIB contre 70 % en Allemagne).

• Le « consensus social » allemand donne la prééminence à la santé des entreprises. D'où une plus grande flexibilité en matière de salaires et d'emploi qu'en France où ces sujets sont davantage réglementés par l'autorité centrale, sans que celle-ci tienne assez compte des conditions de travail sur le terrain.

Cet « avantage » allemand n'a pas toujours existé et n'est donc pas fatal.

Ainsi, au cours des années 1990, la France l'emportait en ce qui concernait l'inflation, la compétitivité et le commerce extérieur. Mais cette considération doit être tempérée par deux facteurs et ne pas conduire à un optimisme irraisonné :

- À l'époque, l'Allemagne avait à intégrer la RDA, ce qui a conduit la RFA à détériorer ses comptes publics du fait des transferts de ressources considérables dont ont bénéficié les provinces réunifiées.
- La France était, depuis très longtemps (fin des années 1970) en train de « dévier » lentement de la trajectoire allemande en ce qui concerne les finances publiques. Cette déviation n'a cessé de s'aggraver au cours de ces dernières années (voir graphique 15). En effet l'Allemagne a entrepris au début des années 2000 sous le chancelier Schröder des réformes structurelles significatives.

De ces considérations, il découle ce qui suit :

- Sans un rééquilibrage des comptes budgétaires, et un rapprochement de notre niveau de dépense publique vers celui de l'Allemagne, l'économie française ne pourra guère retrouver sa compétitivité et son influence dans le concert européen[3].

Des mesures parcellaires pourront, certes, être prises. Mais elles ne seront pas à la mesure de l'enjeu. C'est le niveau de la dépense publique qu'il faut viser, plus que le montant du déficit budgétaire. Trop de dépenses publiques entraînent trop de prélèvements et moins de marges pour les entreprises. Ce « boulet » à la cheville de nos entreprises mine leur compétitivité et bloque la croissance.

---

3. Entre 2005 et 2015, la dépense publique française, loin d'avoir amorcé une baisse, n'a fait que **croître** (+ 4,1 points de PIB contre 1,9 en moyenne dans la zone euro). Étant donné le caractère exorbitant de la pression fiscale française, l'essentiel du redressement budgétaire ne peut se faire que par la réduction des dépenses.

Les recommandations proposées dans ce chapitre ne sont pas inspirées par la « contrainte » européenne. Elles sont indispensables – Europe ou pas – pour que notre pays retrouve le chemin de la croissance.

*

Si l'on prend ce point de départ, on arrive logiquement aux recommandations suivantes :

1. *Se fixer un niveau souhaitable et réaliste de dépenses publiques* ainsi qu'un horizon pour l'atteindre.
2. *Concentrer l'effort d'ajustement sur celles des fonctions* dont le coût est particulièrement lourd dans notre pays (plutôt que de privilégier des objectifs globaux de non-remplacement de fonctionnaires partant à la retraite).

Cette orientation a l'avantage de mettre l'accent sur les dépenses improductives ou celles qui ne devraient pas, par principe, générer un déficit (déficit santé, déficit retraites). Elle permettrait de préserver, voire d'augmenter, les dépenses qui sont à privilégier (sécurité, défense, justice, apprentissage, famille, etc.).

L'examen du tableau comparatif (voir ci-dessous) des dépenses publiques françaises et de celles des autres pays européens invite à certaines constatations :

– l'écart du poids de nos dépenses publiques par rapport à celui de la moyenne de nos voisins de la zone euro est de l'ordre de 8 points du PIB (plus de 12 points avec l'Allemagne) ;
– si l'on veut « redresser » la situation française de manière à la fois effective et réaliste – en tenant compte des « biais méthodologiques » qui peuvent

expliquer et justifier une partie de ces différences –, il faudrait se fixer l'objectif minimum consistant à ramener notre niveau de dépenses publiques à celui de la *moyenne européenne*.

3. *En tenant compte des exemples d'ajustement réussis* de pays comme la Suède, la Finlande et le Canada (qui ont abaissé le niveau de leurs dépenses publiques d'environ 10 points de PIB en cinq ans), il paraît souhaitable de se fixer l'horizon du quinquennat pour réaliser un ajustement plus modéré (de 7,5 points au total).

   Ces pays démocratiques ont fait la démonstration :
   - que l'ajustement était possible ;
   - et qu'il y avait eu des conséquences positives sur la croissance et l'emploi.

4. *Afin d'éviter les contrecoups économiques et sociaux* qui pourraient résulter d'une telle réduction du poids de la dépense publique française, celle-ci devrait s'accompagner d'un certain desserrement fiscal qui permettrait d'alléger, parallèlement, les charges qui frappent les entreprises de notre pays. Mais, en raison de l'importance de l'objectif consistant à commencer à réduire notre dette publique, les deux actions combinées (réduction des dépenses et des prélèvements) devraient aboutir à une baisse du déficit.

5. *Il faudra centrer l'effort sur les points de divergence essentiels.* À cet égard, le tableau ci-dessous montre nos écarts de dépenses publiques les plus sensibles par rapport à la moyenne européenne. Le tableau suggère des objectifs de réduction considérés comme réalistes par un certain nombre d'économistes ayant étudié ces questions de façon objective.

Tableau 1. Les dépenses publiques par fonction en % du PIB (2014)

	France	*Moyenne zone euro*	*Cible minimum*	*Ajustement pour la France*
Retraites	13,7 % du PIB	10,9 %	12,2 %	-1,5 %
Santé	8,2 % du PIB	7,3 %	6,8 %	-1,4 %
Interventions économiques	5,1 % du PIB	4,4 %	4 %	-1,1 %
Logements et équipements collectifs	1,4 % du PIB	0,7 %	0,7 %	-0,7 %
Loisirs, culture	1,5 % du PIB	1,1 %	-0,9 %	-0,6 %
Total des dépenses publiques	***57,5 %***	***49,4 %***	***50 %***	***-7,5 %***

Source : Eurostat FIPECO[4].

Ce tableau ne permet pas d'isoler l'importance des dépenses publiques des collectivités locales. Le problème de la réforme du « mille-feuille territorial » a été abondamment évoqué, mais pas traité en profondeur.

Il est clair que l'objectif de redressement financier devrait non seulement être poursuivi par l'État, mais aussi par les autres administrations et notamment par les collectivités locales. Celles-ci devraient, semble-t-il, être rendues plus responsables – et plus autonomes – dans l'exercice de leurs dépenses et de leurs recettes. Cette clarification reste en chantier.

4. Données tirées d'une communication de M. François Ecalle, du 16 janvier 2017, « Comment ramener rapidement et durablement nos dépenses publiques en deçà de 50 % du PIB, au niveau de la moyenne européenne ? », à l'Académie des sciences morales et politiques.

Il ressort du chapitre I que, malgré une fertilité relativement forte, notre population vieillit rapidement. Les conséquences sur les finances publiques de ce phénomène sont particulièrement marquées, comme le souligne le tableau ci-dessus, dans deux domaines sur lesquels on ne pourra faire l'économie d'une réforme en profondeur :

LE FINANCEMENT DES RETRAITES

Avec la dégradation du rapport actifs/retraités (deux actifs par retraité en France aujourd'hui contre trois en 2000), le système actuel n'est plus viable et la réforme est indispensable. En effet, le vieillissement démographique et l'accroissement de l'espérance de vie ont profondément bouleversé les fondements mêmes de nos systèmes de retraite. Mais les réformes indispensables pour adapter notre système à cette « nouvelle donne » ont longtemps été l'objet d'abord du déni public puis de mesures insuffisantes et, dans certains cas, mal orientées.

Le financement public de nos systèmes de retraite (publics et privés) est un des plus coûteux d'Europe (il absorbe 13,7 % de notre PIB en 2014, contre 10,9 % pour la moyenne de la zone euro).

Si l'on veut s'assigner un objectif modeste (ramener les dépenses retraite à 12,2 % du PIB, ce qui nous rapprocherait de la moyenne de la zone euro), cela représenterait un effort de 1,5 % du PIB sur cinq ans.

Pour le réaliser, il existe trois voies possibles :

• Augmenter les cotisations sur les actifs. J'ai indiqué plus haut que cette solution était à proscrire : elle ne peut que charger davantage les entreprises et les cotisants individuels, avec des conséquences dommageables sur la

compétitivité et donc sur l'accroissement du chômage[5]. Elle est de nature aussi à exacerber les tensions intergénérationnelles – ce qui est contraire à l'esprit de la réforme.
• Faire baisser le taux de remplacement[6] par des réductions de retraites programmées ou en laissant jouer sur le long terme la réforme de 1993 réalisée par le gouvernement Balladur, qui a substitué les prix aux salaires comme élément d'indexation des retraites. Cette deuxième méthode, à elle seule, ne conduirait à l'équilibre des régimes de retraite qu'en 2050-2060[7], dégageant au total une baisse de 20 % du taux de remplacement. Mais il faut, évidemment, agir plus vite si l'on entend se rapprocher de la moyenne européenne sur cinq ans.
• Si l'on veut éviter une chute trop prononcée, à terme, du taux de remplacement, ce qui est socialement souhaitable, il faudra donc impérativement allonger l'âge de départ en retraite. Jusqu'à présent les mesures prises en ce sens (âge minimal ou âge nécessaire pour bénéficier du taux plein) ont été relativement modestes (quinze mois d'équivalent-allongement sur cinq ans). Si l'on retient l'économie ciblée de 1,5 % du PIB évoquée ci-dessus, il faudra programmer d'aller graduellement jusqu'à 65 ans en s'inspirant de ce que font tous nos voisins européens, et ce qui serait en ligne avec l'allongement de l'espérance de vie en bonne santé des seniors aujourd'hui.

---

5. La part des employeurs dans le financement des cotisations sociales est la plus élevée de la zone euro (11,5 % du PIB contre 6,8 % en Allemagne, 9,3 % en Italie, etc.).
6. Taux de remplacement : rapport entre pension et salaire net moyen de fin de carrière. Le taux de remplacement médian s'élève en France à 75 % pour les personnes ayant effectué une carrière complète.
7. Selon le scénario central, optimiste, du Conseil d'orientation des retraites (COR).

Cet allongement aurait non seulement le mérite d'améliorer sensiblement à terme la situation financière des régimes de retraite (entraînant une baisse des dépenses de 0,15 point de PIB par an pour des départs à 63 ans et 0,55 point pour 65 ans), mais aussi des effets positifs sur l'activité économique et la croissance.

Parlons clair et cessons de considérer l'allongement de l'âge de la retraite avec un sentiment de culpabilité :

- Quand l'espérance de vie (de vie en bon état de santé) s'accroît considérablement[8], il est normal d'avoir à travailler un peu plus longtemps (c'est-à-dire de partager entre travail et retraite l'allongement de l'existence).
- Si l'on n'utilisait que le levier de la hausse des cotisations, cela conduirait à une augmentation massive de la charge des actifs et des entreprises qui serait socialement impossible à justifier du fait de la baisse du pouvoir d'achat qui en résulterait et économiquement désastreuse (9,5 points de cotisations supplémentaires !).
- N'utiliser que la baisse des pensions amènerait à réduire le taux de remplacement de 75 à 44 %, ce qui est inacceptable.
- Il n'y a donc d'autre issue que de centrer la réforme sur l'allongement de l'âge de départ à la retraite. Sinon l'équilibre du système serait durablement et irrémédiablement compromis.

Ayons la lucidité de reconnaître que depuis plus de trente ans la France a pratiqué une politique malthusienne en matière de retraites.

8. En France, en 2015, une femme de 60 ans peut espérer vivre encore en moyenne vingt-sept ans et un homme vingt-trois ans.

En abaissant l'âge de la retraite à 60 ans en 1982, nos dirigeants ont laissé l'équilibre du système se détériorer en refusant de tenir compte des évolutions démographiques. Les mesures correctrices ont été essentiellement centrées sur les hausses de cotisations, hausses économiquement et socialement régressives.

On a fait croire aux Français que le slogan : « Il vaut mieux payer un retraité qu'un chômeur » était justifié.

En fait, il n'existe pas un « stock » fini d'emplois, qui serait à partager entre jeunes et retraités. Rien ne le démontre. Tout dépend de l'offre de travail, et donc de la santé des entreprises, de l'état de l'économie, des qualifications professionnelles et de la flexibilité du marché de l'emploi.

Or la réduction de la durée totale du travail, à laquelle la France a procédé, a été essentiellement financée par les entreprises. Ces hausses, en surchargeant les prélèvements obligatoires, ont dissuadé les entreprises d'embaucher.

Au total, les jeunes sont restés à la porte du marché du travail, tandis que les seniors profitaient, contre toute justification démographique, d'un allongement de leurs retraites.

Les jeunes – les plus vulnérables – ont été les victimes de cette politique, soi-disant « sociale »...

LA SANTÉ

Aujourd'hui, les dépenses publiques courantes de santé en France représentent 8,2 % du PIB contre une moyenne européenne de 7,3 %. Si l'on s'assignait comme cible 6,8 % (soit un peu mieux que la moyenne européenne), il faudrait réaliser 1,4 % d'économies en termes de PIB sur cinq ans.

Il semble qu'une modulation des remboursements médicaux qui tiendrait compte des revenus des assurés (ticket modérateur plus élevé pour les hauts revenus) permettrait de réaliser cet ajustement. Une telle politique – qui aurait le mérite de tenir compte de l'évolution des revenus de la population française depuis 1945 et de la croissance des inégalités – paraît socialement légitime[9]. L'opinion publique comprend, du reste, qu'il n'est pas raisonnable de financer indéfiniment par la dette les déficits de santé[10]. J'ajoute que les mesures Schröder prises pour rationaliser les dépenses de santé et pour restructurer le système hospitalier (par des contrats de programme) méritent réflexion.

*

6. *Mais les réformes proposées ci-dessus en matière de retraites et de santé ne pourront porter leurs fruits que si l'environnement structurel est rendu plus favorable.* Certaines actions spécifiques additionnelles apparaissent à cet égard indispensables.

• *Éducation et formation*, c'est là le talon d'Achille qui handicape notre pays. C'est un fait que l'Éducation nationale, en dépit d'un budget supérieur à celui de nos

9. La part des dépenses de santé à la charge des ménages est la plus faible en France parmi les pays de l'OCDE (7 % des dépenses totales de santé contre 19 % moyenne OCDE et 13 % pour l'Allemagne).

10. La « dette sociale » accumulée (pour l'ensemble des régimes de la Sécu) s'élève à 160 milliards d'euros, soit 8 % du PIB ; elle est en cours d'amortissement grâce à des recettes fiscales affectées (CRDS, et une partie de la CSG).

voisins, ne forme plus une grande partie de la jeunesse à « la vie », c'est-à-dire aux conditions indispensables à l'existence sociale[11]. L'expérience allemande en matière d'apprentissage, où l'osmose « études et vie en entreprise » est particulièrement réussie, devrait nous inspirer[12].

• *Mettre un terme à la préférence fiscale pour la dette et à la pénalisation des fonds propres* afin d'encourager

Graphique 16. Taux de taxation implicite du capital (en %)

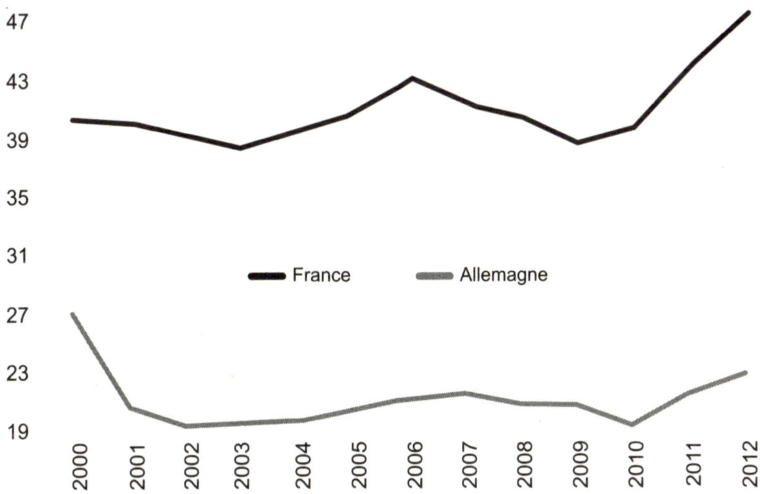

Source : OCDE.

Le taux de taxation implicite est calculé en combinant les différentes impositions sur le stock de capital (ISF, taxe foncière) et le revenu du capital (IS, IR, TH, CSG) et en pondérant les différentes situations fiscales et sociales en fonction de leur poids dans l'économie.

11. On considère que 20 % des jeunes quittant l'école sont en « échec lourd » (c'est-à-dire n'ont pratiquement rien retiré de tangible de leur parcours scolaire en matière de connaissances fondamentales : maîtrise de la langue, du calcul…).
12. On compte 430 000 apprentis en France contre 1 400 000 en Allemagne.

l'investissement, la recherche et le développement des nouvelles technologies. Étant donné l'importance, pour la croissance, d'un niveau suffisant de fonds propres pour les entreprises, il paraît incompréhensible de surtaxer systématiquement le capital et d'encourager fiscalement la dette alors que les entreprises françaises (PME) souffrent d'une insuffisance de capital.

Aujourd'hui (graphique 16) le taux de taxation du capital (stocks et flux) est de l'ordre de 45 % en France contre 20 % en Allemagne.

Cette surtaxation est évidemment inacceptable si l'on veut redresser la compétitivité des entreprises françaises et éviter de pénaliser la constitution, indispensable, de leurs fonds propres. Agir vite en ce domaine est donc essentiel.

• *S'occuper vraiment du chômage.* Le chômage (10 % de la population active en France contre moins de la moitié en Allemagne) est un problème majeur. Depuis plus de trente-cinq ans, le chômage français n'est jamais descendu en dessous de 7 % alors qu'il avoisine 4 % en Allemagne et 5 % au Royaume-Uni. Il est particulièrement élevé chez les jeunes (24 %, soit 3 points de plus que la moyenne de la zone euro).

Il est avéré que ces mauvais résultats sont, en partie, une conséquence de la surcharge fiscale et des cotisations sociales qui pèsent sur nos entreprises. Ce qui est proposé ci-dessus (allègement des dépenses publiques et des charges pesant sur les entreprises et le travail) constitue donc un élément clé, mais non suffisant, du redressement.

À cet égard, il faut remarquer que le salaire minimum a un impact très lourd sur les embauches. Équivalent à

62 %[13] du salaire médian et appliqué indistinctement à tous les travailleurs, il rend très chers les emplois de faible qualification et décourage donc les recrutements, en particulier de jeunes. Toutes les études internationales aboutissent à cette conclusion.

Il convient aussi d'observer que l'équilibre de tout système de retraite dépend du rapport des cotisations reçues/retraites versées. La durée du travail est donc une donnée essentielle de l'équation. Or la France a réduit la durée du travail. La loi sur les 35 heures est à cet égard une spécificité française lourde de conséquences.

Les rigidités du cadre réglementaire sur les contrats des salariés (CDI) ajoutent à la difficulté.

D'une manière plus générale, plus le régime contractuel des salaires est fixé de façon centrale et rigide par les pouvoirs publics, plus il court le risque de s'écarter des réalités du marché du travail. Dans ces conditions, un CDI très protecteur est souvent délaissé par les entreprises et remplacé par des contrats précaires à durée déterminée.

La réforme italienne dont nous pourrions nous inspirer (*Jobs Act* de 2015) a supprimé ces distinctions et créé un cadre unique moins rigide que l'ancien CDI, mais plus protecteur que la plupart des contrats précaires qui s'étaient développés depuis des années. Les résultats de cette réforme (600 000 emplois créés) semblent encourageants.

Enfin, l'assurance-chômage, telle qu'elle est aujourd'hui organisée, n'incite pas à un retour rapide à l'emploi.

---

13. En pourcentage du salaire médian, le SMIC en France tenait le record avec 62 % en 2015. L'Allemagne était à 47 %, l'Espagne à 38 % et les États-Unis à 37 % (OCDE).

Au total, notre système vise à protéger davantage les personnes disposant d'un travail qu'il n'incite ceux qui n'en ont pas à en trouver.

Ces réformes structurelles – déjà en grande partie mises en œuvre chez nombre de nos voisins – sont une condition pour que nos partenaires nous prennent au sérieux. De ce fait, elles sont un préalable à la survie – sans même parler de la relance – de l'Europe. Mais, au-delà, se posent les grands sujets mondiaux évoqués notamment dans les chapitres précédents.

Les grands problèmes mondiaux

Les grands sujets ne peuvent être utilement traités, me semble-t-il, que dans une perspective européenne.

Particulièrement dans le contexte actuel, fait de tendances nationalistes et de tentations protectionnistes, l'Union européenne, avec ses 450 millions d'habitants (sans la Grande-Bretagne), apparaît comme la seule voie pour aborder utilement (et avec des chances de succès) des négociations avec des pays comme les États-Unis, la Chine ou la Russie.

L'absence de discipline et de coopération monétaire internationale

J'ai souligné combien le « non-système » qui s'est substitué à Bretton Woods avait conduit au laxisme, à la perpétuation des déséquilibres structurels et à une financiarisation croissante de notre univers.

Si l'on réduit la question du Système monétaire international à son essence, on constate qu'un « véritable » système est celui où tous les principaux acteurs poursuivraient des politiques monétaires internes *cohérentes* et axées sur la stabilité.

Cette cohérence devrait normalement être surveillée par une Autorité multilatérale dotée de pouvoirs.

En raison du fait que l'expansion du crédit et la politique monétaire qui lui est associée sont les déterminants immédiats majeurs de l'évolution des balances des paiements courants, l'ancrage des taux de change (sur une monnaie-étalon ou, de préférence, sur un « panier » de devises de type DTS) forcerait les pays « déviants » à regagner le chemin de la stabilité et de la cohérence monétaires.

Plus précisément, c'est la variation des actifs nets domestiques (*net domestic assets*) du bilan financier d'un pays qui est, en fin de compte, le facteur direct principal de l'évolution de sa balance des paiements courants, et donc des mouvements de capitaux qui la financent[14]. Si un grand pays est libre de modifier ses actifs nets en augmentant le crédit (à travers, par exemple, une politique monétaire d'aisance quantitative ou de déficit budgétaire), cette liberté aura nécessairement des conséquences extérieures (notamment sur la balance des paiements et sur les taux de change). D'autres acteurs, à l'étranger, en seront inévitablement affectés (entrées ou sorties de capitaux).

La volatilité des mouvements de capitaux résultant de cette liberté ne pourra que continuer à sévir. Et, comme l'a montré Alexandre Lamfalussy, plus le

14. Comme l'ont établi les travaux de Jacques Polak au FMI dans les années 1960.

système financier mondial sera intégré, plus cette instabilité aura tendance à s'intensifier.

Seul le retour à une forme de politique monétaire de stabilité cohérente et partagée permettrait de réduire la volatilité des mouvements de capitaux et l'instabilité financière.

Cela dit, il ne me semble guère réaliste d'espérer que les acteurs majeurs (États-Unis, Chine) soient disposés politiquement à soumettre les grandes orientations de leur politique économique et monétaire à des contraintes ou à des demandes d'infléchissement émanant d'une institution multilatérale du type FMI[15]. Les tendances de la nouvelle administration américaine ne font que conforter cette vue.

Mais, faute d'une véritable « surveillance multilatérale », il est possible d'imaginer au moins une plus grande concertation internationale entre banques centrales. On sait combien les infléchissements de politiques monétaires, les changements de taux directeurs ont des effets directs – souvent très négatifs – sur les mouvements de capitaux, notamment à destination ou en provenance des pays émergents.

La décision de la Fed en 2015 en matière de normalisation de sa politique monétaire (*tapering off*) en offre une illustration saisissante.

Pour éviter trop de tensions, notamment sur les taux de change et les flux de capitaux, la concertation discrète entre banques centrales – comme celle qui se

15. Voir ma communication à l'Académie des sciences morales et politiques du 28 février 2014 « Bretton Woods et le système monétaire international dans un monde multipolaire », *in* Jean Baechler, Jacques de Larosière, Michel Pébereau, Jean-Claude Trichet, *Recréer le système monétaire international*, Paris, Hermann, « Débat public », 2015.

pratiquait à la BRI dans les années 1980 – pourrait sans doute être quelque peu renforcée.

Je signale ici, comme prometteurs, les travaux entrepris par l'OCDE depuis quelques années en matière de mouvements de capitaux. Ils ont abouti à un « code de conduite » régissant le recours éventuel par les États à des mesures de restrictions de mouvements financiers, mesures destinées à éviter l'excès de volatilité des capitaux à court terme. C'est là un premier petit pas vers une certaine maîtrise de la « financiarisation ».

Là encore, l'Europe doit prendre en compte le fait que le dollar reste la monnaie centrale du système. Elle devrait donc s'impliquer, particulièrement dans la surveillance des changes et la coordination entre banques centrales.

La BCE devrait, dans cette concertation des politiques, faire valoir les intérêts de l'Europe dont on sait que les conditions propres au succès d'une politique monétaire « accommodante » sont très différentes de celles qui règnent aux États-Unis[16].

Transparence et lucidité devraient être la règle du jeu.

La prise en compte des intérêts européens dans la conception et la mise en œuvre de la réglementation financière mondiale

Il est de fait que la conception qui a présidé à la réglementation bancaire dite de Bâle 3 a davantage

---

16. Voir mes articles, « Réflexions sur la politique monétaire : un point de vue européen (1/2) », *Revue Banque*, juin 2016, n° 798 ; et « Réflexions sur la politique monétaire : un point de vue européen (2/2). Les inconvénients d'une politique monétaire trop accommodante pendant trop longtemps », *Revue Banque*, juillet 2016, n° 799.

répondu aux problèmes posés par les grandes banques anglo-saxonnes (« *too big to fail* ») qu'aux banques universelles intégrées et fortement diversifiées du continent européen.

Les premières avaient dévié, au cours des années précédant la crise de 2007-2008, vers le modèle *originate and distribute*. Ce modèle incitait les banques à initier des opérations de crédit (*originate*) puis à les sortir de leurs bilans en les vendant (*distribute*) sur les marchés financiers grâce à la titrisation. Ce modèle (qui permettait aux banques d'accélérer la « rotation » de leurs fonds propres) a poussé les grandes institutions de type anglo-saxon à augmenter massivement leur endettement ainsi que leurs opérations de *trading* et d'investissement par rapport à leurs activités classiques de prêts et de services de détail à la clientèle. Cette concentration des risques de marchés a joué un rôle primordial dans l'éclatement de la crise de 2007-2008.

Or la réglementation de Bâle 3, loin de privilégier le modèle des banques européennes continentales très diversifiées et qui recourent peu à la titrisation (modèle qui avait pourtant bien traversé la crise et à peu de frais) a appliqué, indistinctement, à toutes les banques, une très forte augmentation de leurs obligations en capital, augmentation progressive en fonction de la taille des bilans.

Le bien-fondé de cette augmentation peut se discuter. Mais, ce qui n'était pas justifié, c'était l'absence d'une pénalisation des institutions trop concentrées sur le *trading*. Il en résulte, en fait, un biais « antidiversification » de la réglementation qui n'est nullement adapté à un système réglementaire censé réduire les risques excessifs.

L'Europe a-t-elle défendu, en cette matière réglementaire, son modèle d'intermédiation bancaire, particulièrement adapté à son économie ?

La réponse est malheureusement négative. La prépondérance de Washington et de Londres dans les négociations de Bâle explique en grande partie le « suivisme » de l'Europe – sans le justifier[17].

Ici encore, une prise de position plus lucide et plus coordonnée entre membres de la zone euro paraît indispensable si l'on veut :

- Conserver la puissance et la compétitivité du système bancaire européen (qui finance les trois quarts de l'économie de la zone euro, contre un quart aux États-Unis).
- Et, de ce fait, faciliter l'octroi du crédit bancaire à une économie dont la croissance est encore fragile.

De ce point de vue, la volonté américaine de faire passer le système de Bâle d'un régime axé, à juste titre, sur la prise en compte des risques, à un système plus rudimentaire car taxé forfaitairement, serait particulièrement dangereuse.

Les activités des « non-banques »

Elles continuent de prospérer. Face aux banques régulées, les *hedge funds*, *dark pools* et autres institutions de l'« ombre » (*shadow banking*) font courir des risques au système. Une certaine forme de régulation et de surveillance apparaît nécessaire.

Sur ce sujet, très peu a été fait depuis la crise…

17. Voir ma communication au Conseil économique et social du 23 novembre 2016, « A-t-on vraiment tenu compte des intérêts et des besoins propres de l'Europe dans la définition de la régulation financière ? », en annexe, p. 160.

L'Europe

Comment redynamiser l'Europe ?

L'EUROPE EST EN RETARD

Rappelons d'abord quelques faits en comparant les États-Unis au « meilleur élève » de l'Union européenne, c'est-à-dire l'Allemagne.

- *Investissements productifs* : de 1998 à 2015, en termes cumulés, l'investissement productif aux États-Unis a crû de 20 points de PIB de plus qu'en Allemagne.
- *Gains de productivité* : entre 1998 et 2015, les gains de productivité par tête ont crû de 40 % aux États-Unis contre 10 % en Allemagne.
- *La dette des entreprises* : représente 40 % du PIB aux États-Unis et 80 % en Allemagne.
- *Les dépenses de recherche et de développement* : elles sont plus élevées aux États-Unis (3 % du PIB, cible non encore atteinte en Europe).

POURQUOI EN EST-IL AINSI ?

1. Les entreprises sont plus libres de travailler et de faire des profits aux États-Unis qu'en Europe :

– moins de réglementations et des marchés plus flexibles : telle est la clé des succès américains ;
– moins de seuils arbitraires à « observer » pour les entreprises en croissance ;
– moins d'heures travaillées en Europe ;
– prélèvements obligatoires plus élevés qu'outre-Atlantique.

2. En dépit d'une épargne plus forte en Europe, les marchés financiers aux États-Unis sont trois fois plus importants pour financer l'économie. Il en résulte que l'Europe dépend davantage des banques (3/4) que les États-Unis.

COMMENT INVERSER LA TENDANCE ?

• *D'abord en engageant des réformes de structure.*
– réduire les dépenses publiques lorsqu'elles pèsent exagérément sur les pays (France : 57 % du PIB, Belgique : 53,9 %, Italie : 50 %, etc.) ;
– favoriser l'emploi par une plus grande flexibilité du marché du travail ;
– réduire les barrières réglementaires à l'entrée sur le marché pour les nouvelles entreprises ;
– augmenter la concurrence.

• *Ensuite, en créant un véritable marché financier en Europe* (particulièrement pour les PME qui n'y ont pas accès) :
– favoriser les investissements d'infrastructures ;
– permettre une titrisation prudente et transparente.

• *Enfin en favorisant la convergence des politiques économiques* dans l'Union. Cette convergence est une urgente nécessité.

Pendant trop longtemps, l'Europe a renâclé devant une « convergence suffisante » des politiques économiques, notamment pendant les dix premières années de l'euro (2000 à 2010), période au cours de laquelle les pays de la zone ont fortement divergé en matière de coûts, d'inflation, de crédit, et de politiques budgétaires. Les pays de la « périphérie » ont accru leurs coûts et leur inflation par rapport à ceux du cœur de l'Union. Les marchés financiers et les institutions de l'Union européenne ont laissé faire pendant près de dix ans. Mais la fin de la récréation a été sifflée en 2009-2010.

Les choses ont alors commencé à changer – après la crise des dettes souveraines de 2010 – avec les ajustements, souvent remarquables, réalisés par des pays comme l'Espagne (croissance annuelle du PIB de 3 % en 2015-2016, + 5 % pour l'investissement, + 5,4 % pour les exportations) et l'Irlande.

Cette convergence macroéconomique permettra seule d'engager la création d'une solidarité financière au sein de l'Europe. Elle est la condition d'un retour à la confiance entre les dirigeants européens, et un prérequis pour un marché bancaire et financier européen transfrontalier, indispensable au bon fonctionnement de l'Union monétaire.

La France devrait jouer, à cet égard, un rôle central. Si notre pays conserve les rigidités actuelles qui bloquent son appareil productif, aucune relance – souhaitable – de la demande intérieure en Allemagne ne pourra avoir d'effet sur notre économie. C'est donc la viabilité de l'Union européenne qui est en jeu. À l'inverse, si la France entreprend les réformes nécessaires et libère son appareil productif, la convergence européenne aura un sens, et la symétrie des ajustements entre créditeurs et débiteurs pourra s'effectuer de manière plus équilibrée.

Cependant, l'Europe peine encore sur le chemin de la croissance économique (autour de 1,5 %) et du plein-emploi. Plus vite s'édifiera un « socle commun » de mesures économiques raisonnables, mieux seront réunies les conditions d'une croissance plus soutenue.

La question macroéconomique de la zone euro – où certains pays (comme l'Allemagne) enregistrent des excédents de la balance des paiements considérables et incompatibles avec le bon fonctionnement d'un ensemble monétaire équilibré, et où d'autres (comme la France) n'ont pas encore engagé le redressement de leurs comptes publics – devrait être aussi un sujet prioritaire. Mais, là encore, l'attentisme, le non-dit, les intérêts particuliers, et le laisser-faire, tendent à l'emporter.

N'oublions pas, enfin, la composante relative aux mouvements de capitaux. Le « Nord » de l'Europe dispose d'une épargne excédentaire qui n'alimente pas le « Sud ». Trop de mauvais souvenirs liés à la crise des titres souverains en 2010-2012 font sans doute obstacle à ces transferts de capitaux.

Mais le jour où leur ajustement économique sera considéré comme tangible, on peut espérer que ceux des pays périphériques qui auront réussi à contenir leurs coûts de production et seront, par là même, candidats au rattrapage économique et aux progrès de productivité, bénéficieront des financements privés des pays créditeurs. C'est ce qui se passe aux États-Unis.

C'est ce qui devrait se passer en Europe le jour où le spectre de la crise financière dans le Sud aura disparu. D'où l'importance des réformes macroéconomiques mais aussi de la solidarité européenne sur les problèmes de structure des dettes publiques au cours de cette période transitoire.

*

Graphique 17a. Les États-Unis et l'Europe perdent du terrain face à la Chine et à l'Inde

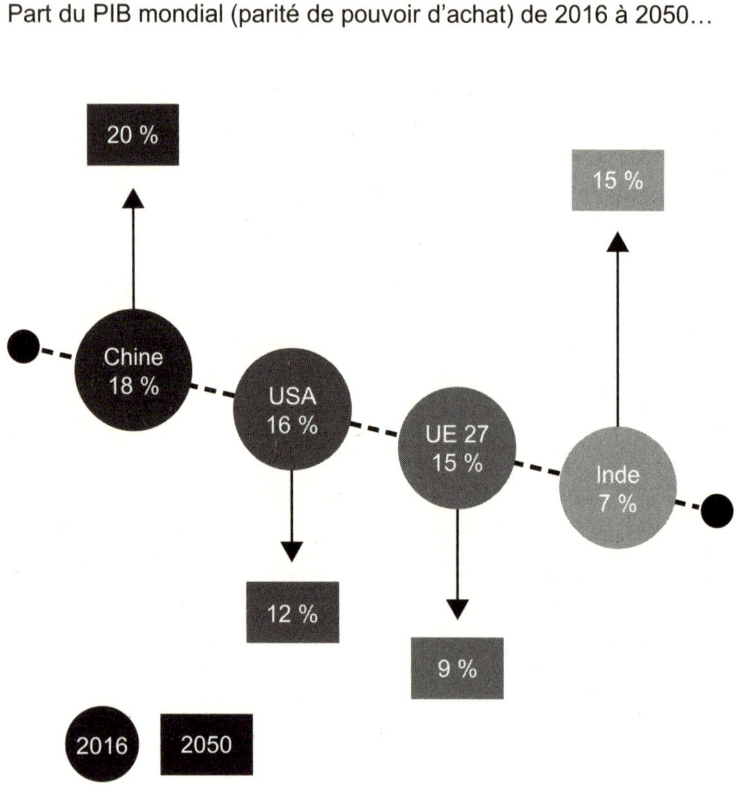

Source : FMI pour les estimations 2016 et PwC pour les projections 2050

Mais cette vision – technique – est-elle suffisante ? Quelles seraient les actions supplémentaires nécessaires pour que l'Europe puisse « tenir son rang » dans le concert des nations ?

Il faut partir, ici, d'une considération démographique.

On a vu plus haut que le ratio des plus de 60 ans s'accroît dans le monde entier, mais que le vieillissement

Graphique 17b. L'influence économique globale va se transférer sur les économies de l'E7

En...				
	1995	**E7**	était la **moitié** du	**G7**
Depuis...				
	2015	**E7**	est à **peu près** de la même importance que le	**G7**
Dans exactement 25 ans...				
	2040	**E7**	pourrait être **le double** du	**G7**

G7 : États-Unis, Royaume-Uni, France, Allemagne, Japon, Canada et Italie.
E7 : les 7 émergents : Chine, Inde, Indonésie, Brésil, Russie, Mexique et Turquie.

va encore plus vite en Europe. Il en résulte que la proportion d'Européens en âge de travailler continuera de diminuer globalement (de 11,5 % aujourd'hui, ce pourcentage tomberait à 6,4 % en 2050).

En tenant compte de ses perspectives de croissance très modérées, on comprend que l'Union européenne, qui ne représente plus aujourd'hui que 11,4 % du PIB mondial, verra cette tendance s'aggraver. En 2050, pas un seul des pays européens ne pourrait prétendre à figurer au G7 sur la base de son PIB (voir graphique 17a et b).

D'où la question fondamentale : quelle est notre ambition pour l'Europe ?

L'Euroscepticisme tend toujours à prévaloir.

L'Europe, ce sont les occasions perdues, le déficit démocratique, l'excès de bureaucratie bruxelloise, l'hétérogénéité extrême des États membres, l'absence de vision à long terme, l'incapacité pour notre continent à prendre en main son destin et à peser sur les grandes décisions géostratégiques… La crise de l'immigration venant du Moyen-Orient en feu et le Brexit ont encore assombri le tableau.

Ce que je viens d'évoquer est bien réel. Mais cela ne suffit pas à rendre compte de l'Union européenne, de ce qu'elle est, de ce qu'elle a réalisé, de la place qu'elle a prise dans le monde, de ce qui serait perdu pour tous si elle venait à disparaître mais aussi de ce qu'elle devrait entreprendre pour se mettre à la hauteur de son destin.

Essayons donc de tracer un tableau objectif de la construction européenne, et de souligner ses points de force et de faiblesse.

Pour ce faire, deux axes se présentent :

• Ce qui manque aujourd'hui pour que l'Europe soit crédible en tant que construction intrinsèque c'est-à-dire au regard de son projet propre.

• Le « surcroît » d'Europe qui serait nécessaire pour que l'Europe devienne une puissance en rapport avec ses fondamentaux.

Ce qui manque à l'Europe pour mettre en application son projet

Une vraie convergence des politiques économiques

Cela a toujours été un point central : celui de l'harmonisation des politiques économiques afin d'atteindre, entre États membres, une homogénéité suffisante en matière de performances et de compétitivité. Cette nécessité est d'autant plus exigeante pour les participants à l'union monétaire qui se sont, par définition, privés de la facilité de la dévaluation.

L'Union n'a pas été conçue comme une machine destinée à égaliser des structures économiques diversifiées. On aurait pu l'imaginer ; mais cela n'a pas été le chemin choisi.

La clause de « *no bail out* » dépasse les aspects financiers. Elle est à la base de la construction européenne. L'Europe admet l'octroi d'aides structurelles pour atténuer les écarts en matière d'infrastructures et faciliter le rattrapage des niveaux de vie, mais ces dispositifs ne sont pas conçus pour compenser de manière durable des insuffisances de compétitivité.

Il en résulte que les différents États membres doivent prendre eux-mêmes les mesures de politique économique structurelles propres à ajuster leurs conditions de base à un minimum d'homogénéité européenne. En d'autres termes, en cas de disparités fondamentales (en matière de politique budgétaire ou de réformes structurelles), il reste aux États déviant par rapport aux « meilleurs » comportements de l'Union à adopter des politiques correctrices propres à redresser la productivité de leurs économies.

La crise des dettes souveraines de la zone euro à partir de 2009-2010 est caractéristique à cet égard. Après la création de l'euro en 2000, un certain nombre de pays de l'Union ont dévié par rapport au comportement du « cœur » de la zone. Après dix ans de divergences, les marchés ont fini par réagir et exiger de ces pays des taux d'intérêt de plus en plus élevés sur leur dette, ce qui les a obligés à changer de politique.

De fait, ces changements ont été importants et se sont traduits par une sensible réduction des écarts en matière de charges salariales et de déficits tant budgétaires qu'extérieurs.

Mais, en dehors de ces cas périphériques extrêmes, il reste des disparités importantes qui perturbent le fonctionnement harmonieux de l'Union. C'est le cas de pays qui, comme le nôtre, continuent d'accroître leurs dépenses publiques (dépenses pourtant extrêmement élevées au regard des comparaisons internationales) et, de ce fait, ne parviennent pas à réduire suffisamment leur déficit budgétaire pour amorcer un processus ordonné de réduction de leur dette publique.

À cet égard, la mise en œuvre du Pacte de stabilité et de croissance, pourtant amélioré depuis les dernières années, reste insuffisante pour donner à l'Union une crédibilité à la hauteur des enjeux.

Un retour à la croissance

L'un des objectifs essentiels de l'Union européenne consiste à retrouver un taux de croissance économique suffisant pour permettre de réduire le chômage qui frappe notre continent et en particulier les jeunes.

Or, malgré un léger mieux qui concerne surtout la consommation, la croissance reste atone en Europe (en 2013 : - 0,4 % ; en 2014 : + 0,8 % ; + 1,5 % en 2015). Pendant la période 2011-2014, la croissance réelle annuelle de la zone euro a été très inférieure à celle des États-Unis (1 % en moyenne contre 3 % outre-Atlantique). Quant à la croissance de la productivité depuis 2010, elle est restée stagnante dans la zone euro, tandis qu'aux États-Unis elle croissait en moyenne de 2 % annuellement.

L'investissement productif, gage de la croissance future, n'a pas vraiment repris. Les comparaisons avec les États-Unis sont, de ce point de vue, très préoccupantes. Or, si l'on veut proposer des remèdes à cette situation, il faut d'abord en comprendre les causes.

• Il apparaît que la faiblesse de l'investissement en Europe est en grande partie liée à des causes structurelles :

– barrières réglementaires à l'entrée ;

– seuils de taille pour les entreprises qui découragent le développement au-delà de certaines limites ;
– poids de la fiscalité et des charges sociales ;
– désincitations à l'accroissement des fonds propres ;
– marges bénéficiaires trop faibles…

Tant que l'Europe (et en particulier les pays les plus vulnérables) ne se saisira pas de ces problèmes, il est à craindre que la croissance des investissements productifs reste molle dans plusieurs pays, avec toutes les conséquences qui en découleront pour l'avenir. Ce ne sont pas les incantations sur le Capital Market Union ou le Plan Junker qui pourront changer les choses en profondeur. Ces nobles intentions ne remplaceront pas les vraies réformes de structure. Or la Commission est plus à l'aise dans de vastes projets à base réglementaire que dans les réformes structurelles qui dépendent, en tout état de cause, des États membres eux-mêmes.

Le surcroît d'Europe nécessaire pour devenir une puissance en rapport avec ses fondamentaux

L'Union devrait s'ouvrir au monde et, pour ce faire, accroître son attractivité

L'Union a entrepris, depuis les dix dernières années, des projets remarquables : l'Union bancaire, l'Union de la réglementation financière, et elle vient de lancer l'Union des marchés de capitaux.

Mais nos partenaires mondiaux ne peuvent s'empêcher de penser que ces « unions » sont davantage destinées à parachever des alliances intra-européennes – souvent au prix de complications réglementaires – plus qu'à ouvrir notre continent aux capitaux et aux innovations venant de l'extérieur.

Contrairement aux États-Unis, qui sont des importateurs nets de capitaux à hauteur de 500 milliards de dollars par an en moyenne depuis dix ans (et dont l'investissement productif augmente chaque année), la zone euro est exportatrice nette d'épargne à hauteur de 600 milliards de dollars par an.

L'incapacité à trouver en Europe des opportunités suffisantes pour des projets d'investissement est un signe de désaffection qui devrait inquiéter et motiver nos dirigeants.

Un projet de « réorientation » des surplus d'épargne européens dans la zone euro a été proposé à cet égard, mais n'a pas suscité l'intérêt qu'il méritait[18].

C'est dans cette direction qu'il faut aller.

Comme disait Patrick Artus : « Il y a aujourd'hui dans la zone euro un excès d'épargne privée et d'épargne totale sur l'investissement. Cette situation n'est pas satisfaisante car l'épargne de la zone euro finance des investissements dans le reste du monde, alors qu'il y a déficit d'investissement dans la zone euro. »

---

18. Voir note par Thomas Mayer, Olivier Garnier, Edmond Alphandéry, Daniel Gros, Jacques de Larosière, *Proposal for a European Savings-Investment Fund*, Bruxelles, Eurogroup 50, 2014.

L'Europe devrait concevoir sa stratégie dans l'optique de devenir un acteur mondial

Avec une population supérieure à celle des États-Unis (450 millions d'habitants contre 320 millions aux États-Unis) et un PIB égal aux trois quarts du PIB américain, la zone euro devrait figurer parmi les grandes puissances économiques mondiales.

Mais plusieurs facteurs sont à l'œuvre qui tendent à limiter la croissance potentielle de la zone euro.

• Un vieillissement démographique plus marqué qu'aux États-Unis, où l'immigration continue d'être un apport net important. L'emploi a commencé, l'an dernier, à se réduire dans des pays comme l'Allemagne.

• Des rigidités structurelles qui inhibent la progression de l'emploi et l'entrée de nouveaux acteurs sur les marchés.

• Une incertitude politique (liée notamment à la crise souveraine de l'euro) qui est un facteur reconnu de blocage des décisions d'investissement.

• La faiblesse de la croissance économique et de ses perspectives est elle-même un facteur de défiance en même temps qu'une résultante.

Le dernier graphique montre à quel point la montée des pays émergents pose un défi à l'Europe, qui ne cesse de reculer en termes de poids relatif dans le monde. La seule voie, face à la globalisation, est dans l'Union.

Relever le défi

Si l'Europe souhaite relever ce défi, elle devrait s'intégrer davantage pour être en mesure de donner une réponse à quelques questions clés.

SÉCURITÉ ET IMMIGRATION

Les États membres devraient concevoir et arrêter une politique concertée. Non en imposant des quotas d'immigration obligatoires *erga omnes*, mais en laissant les États qui le souhaitent – et qui en ont le besoin en raison de leur déclin démographique – organiser leur propre politique d'immigration.

Il faut alors se doter d'une véritable politique de contrôle aux frontières, comme le font les États-Unis ou le Canada – et modifier Schengen en conséquence.

POUR UNE POLITIQUE ÉTRANGÈRE ET DE DÉFENSE COMMUNE

Il ne s'agit pas de chercher à rivaliser avec les États-Unis ou la Chine, ou d'exhumer d'anciens projets mort-nés, mais de protéger les populations européennes dans un monde de tensions croissantes et où le « bouclier » américain apparaît plus problématique.

L'Union européenne peut-elle rester un simple spectateur quand ces changements affectent de plus en plus directement ses propres habitants ? Il y a urgence à traiter résolument cette question et à sensibiliser les opinions publiques en Europe.

UN BUDGET COMMUNAUTAIRE QUELQUE PEU PLUS IMPORTANT

Une des critiques souvent adressées à l'Union européenne, c'est que son budget central est trop réduit (1 % du revenu national communautaire) et trop centré, depuis l'origine, sur la politique agricole commune et l'action régionale.

Une conception un peu plus ambitieuse, notamment en matière d'équilibrage macroéconomique et d'actions contracycliques, pourra être proposée avec quelques chances de succès dès lors que la convergence économique sera effectivement engagée.

Une occasion pourrait être offerte par la défense commune. Si l'on souhaitait assurer une politique de défense commune, il serait bon d'aller au-delà des efforts actuels. Une augmentation limitée du budget communautaire, financée sur ressources communes, pourrait être, de ce fait, justifiée.

UNE « AUTORITÉ DE LA CONVERGENCE » MINIMALE

Étant donné les résultats décevants des politiques de convergence, on pourrait imaginer la création d'une « Autorité de convergence » indépendante, dotée de pouvoirs de sanctions et de ressources budgétaires, sous le contrôle du Parlement européen. Une telle Autorité pourrait contribuer à mieux équilibrer la situation macroéconomique de l'Union et à rassurer les investisseurs quant à la soutenabilité de l'endettement d'un certain nombre de pays.

UNE « DÉMOCRATISATION » DE L'EUROPE

Un projet tel que celui esquissé ci-dessus et qui entraînerait un changement du traité européen ne pourrait voir le jour que si une large partie de la population européenne adhérait à une telle vision. Cela demanderait leadership au sommet mais aussi un sentiment d'appartenance partagé. Pour cela, on peut envisager de faire élire le Parlement européen sur une base européenne (et non nationale) et de faire voter les citoyens directement pour le président de l'Europe sur la base d'un programme d'avenir.

*

Évidemment, dans le contexte actuel fait de nationalisme et de tentations de repli sur soi, ces idées tendant à une plus forte intégration en Europe peuvent paraître utopiques. En fait, elles sont réalistes.

• Les pays européens auront de moins en moins de crédibilité s'ils décident de se défendre seuls dans un monde très compétitif, où prédominent les rapports de forces entre blocs et où les zones de croissance se situent à l'Est.

• Le paradoxe actuel est criant. La lenteur et souvent l'insuffisance des réformes de fond – objet de ce livre – sont essentiellement le résultat de la faiblesse des politiques nationales, beaucoup plus que de l'échec des instances européennes (la responsabilité des politiques économiques restant nationale alors que la monnaie est unique). Et pourtant, les partis épris d'indépendance nationale préconisent un « retour » de responsabilité vers les États, alors que c'est à ce niveau que les insuffisances les plus graves sont apparues. Les déficits et les endettements publics abyssaux de certains États membres ne sont que le résultat de décisions publiques nationales et non la conséquence d'initiatives communautaires.

Il est temps de redresser cette perspective.

Conclusion

Les défis sont multiples : vieillissement des populations, montée des inégalités dans un monde globalisé, faiblesse de la croissance, déclin de la productivité, financiarisation à outrance, périls environnementaux, absence de discipline monétaire collective, déclin démographique de l'Europe…

J'ai tenté dans cet essai de montrer que, pour chacun de ces défis, des solutions étaient possibles. Ce ne sont pas des « solutions miracles » qui effaceraient les problèmes, mais des réformes en profondeur qui permettraient de parer aux dangers les plus inquiétants. Encore faut-il que cette vision soit comprise, partagée, et que nos démocraties soient convaincues que c'est là la voie de l'intérêt commun.

Si tel était le cas, la question de l'urgence de la mise en œuvre des ajustements serait plus aisée à traiter. Là est, en effet, une difficulté essentielle. Les « avantages politiques » qu'il y a à retarder les mesures paraissent encore souvent l'emporter sur les inconvénients cumulés nés du retard à réformer.

L'objet de ce petit livre est de montrer que, pour la plupart des sujets évoqués, le point de non-retour est aujourd'hui atteint : le répit gagné à ne rien faire n'est plus une solution, compte tenu de l'énormité des coûts résultant de l'inaction. La question de la protection de l'environnement en est une illustration saisissante. C'est également vrai pour la dette, la dépense publique, les retraites… L'horizon électoral à cinq ans, qui a souvent dicté la politique, est désormais hors de mise. Les problèmes structurels doivent être traités en urgence sur le temps long. C'est là une exigence intellectuelle autant qu'un défi pour la démocratie.

Mais une adhésion collective aux ajustements préconisés conditionne la prise de décisions.

Cette adhésion nécessitera, à mon sens, de mieux prendre en compte l'équité des mesures nécessaires et leurs conséquences sociales. Si la montée des inégalités ou même leur maintien au niveau actuel devaient continuer, la mise en œuvre d'un tel « programme » serait, à mon sens, rendue très difficile.

Telle est l'exigence de la démocratie : la recherche de l'« intérêt commun », à laquelle ce livre fait souvent référence, ne peut être comprise et admise que si elle s'accompagne d'une volonté politique d'équité. La pente actuelle vers le creusement des inégalités – pourtant beaucoup moins marquée en France que dans maints pays étrangers – pourrait, à mon sens, être un obstacle déterminant à une réponse, à la fois raisonnable et rapide, face à l'avancée inexorable des « lames de fond ».

Pour l'avenir de l'humanité, l'urgence est extrême.

Jacques DE LAROSIÈRE

Annexes

La politique monétaire a joué un rôle central dans le déclenchement de la crise financière

Discours prononcé à la Columbia University le 1er décembre 2010.

La thèse que je vous présente aujourd'hui est tirée d'un article que j'ai publié dans *Central Banking* au début de 2010. C'était le résultat d'une réflexion et d'un travail dans lequel je m'étais embarqué quelques années auparavant.

À l'époque, l'article n'a suscité quasiment aucune réaction. Mais durant ces dix dernières années, un certain nombre d'économistes ont aussi écrit sur le sujet. De plus, les banquiers centraux ont dernièrement commencé à faire attention aux liens entre la politique monétaire et les bulles d'actifs. En outre, la création récente en Europe et aux États-Unis de Comités du risque systémique implique pour les banques centrales un devoir d'analyser en permanence les risques macroéconomiques et financiers et d'en tirer des recommandations (y compris sur les questions de politique monétaire) pour éviter le retour de crises comme celle que nous venons de traverser avec ses conséquences dramatiquement négatives sur la croissance, l'emploi et les politiques fiscales.

Un certain nombre de banquiers centraux et leurs conseillers économiques considèrent que la politique monétaire n'a joué aucun rôle ou un rôle mineur dans le déclenchement de la crise. De ce point de vue, le bouleversement financier était principalement le résultat d'un choc macroéconomique externe mal géré par certaines institutions financières imprudentes.

Leur argument peut se résumer de la façon suivante :

- L'inflation (indice des prix à la consommation, IPC) a été faible et stable au fil des années ; par conséquent, l'objectif fondamental de la politique monétaire (la stabilité des prix) a été rempli.
- La crise financière fut essentiellement le fruit d'un « excès d'épargne » et du surplus dans la balance des paiements des grandes économies émergentes. Cela entraîna la montée des prix de l'immobilier et d'autres actifs, et permit le financement du déficit courant des États-Unis. L'excès de liquidité généré par ces déséquilibres ne fut pas provoqué par la politique monétaire.
- Un autre facteur expliquant la crise est le comportement d'un certain nombre d'institutions financières (en particulier les établissements « non bancaires », les *hedge*

funds, les banques d'investissement…) qui allèrent trop loin avec l'effet de levier de leur capital.

*

Je crois que cet argument est singulièrement fallacieux et que l'explosion du crédit – qui est un phénomène monétaire – fut un facteur majeur derrière la crise.

Par exemple, aux États-Unis, le ratio entre la dette du secteur privé et le PIB a explosé, passant de 112 % en 1976 à 295 % en 2008. En Grande-Bretagne, le ratio entre la dette hypothécaire des ménages et le revenu disponible est monté en flèche, passant de 80 % en 1911 à 140 % en 2008. Aux États-Unis, le crédit s'est accru d'environ 10 à 15 % par an entre 2004 et 2008, alors que la croissance économique en valeur nominale tournait autour de 5 % (les chiffres équivalents pour la zone euro étaient de 8 à 10 % pour une croissance du PIB en valeur nominale de 4 %).

Cette explosion de la dette ne pouvait qu'engendrer des conséquences monétaires. « Les crédits font les dépôts », comme nous l'enseignent les manuels scolaires. De nombreuses banques centrales – et en particulier la Réserve fédérale qui permit aux taux d'intérêt réels de planer autour de zéro pendant plusieurs années – alimentèrent l'expansion du crédit ; ce qui, en retour, affecta les agrégats monétaires.

Sur le plan extérieur, nous savons – d'après les recherches menées par Jacques Polar dans les années 1960 – que c'est l'évolution des actifs intérieurs nets (les crédits à l'économie et au secteur public) qui est le déterminant principal des déséquilibres du déficit courant.

Donc, étant donné l'importance du crédit pour la stabilité monétaire à la fois domestique et extérieure, il semble quelque peu mystérieux que les banques centrales ne lui aient guère prêté attention en tant qu'indicateur, et ce alors que le développement du crédit est traditionnellement un élément majeur dans l'analyse et la boîte à outils des décideurs en matière de politique monétaire. La moindre des choses eût été que l'ampleur de la bulle du crédit soulève des questions quant à la pertinence des politiques monétaires.

La réponse des banquiers centraux à cette vision des choses fut quelque chose comme : « Puisque l'inflation (IPC) demeurait morose, il aurait été irresponsable de notre part de resserrer nos politiques et d'augmenter les taux d'intérêt, au risque d'entraver la croissance économique et d'augmenter le chômage. » Mais ce qu'implique une telle réponse, c'est de limiter les opérations de politique monétaire à la réussite d'un concept strict de cible d'inflation – les prix des biens et services (ou d'une cible de croissance potentielle non inflationniste, comme c'est le cas pour les États-Unis).

À présent, après le passage de la crise et les pertes massives dans son sillage (aux États-Unis : une variation du PIB de - 4,5 % entre 2007 et 2009 et près de 10 % de chômage), même les défenseurs les plus acharnés des politiques passées des banques centrales devraient concéder qu'il aurait été approprié de surveiller les indicateurs de crédit de plus près et d'agir sur eux. En tout cas, ils adhèrent à la proposition d'un « Conseil du risque systémique » afin d'éviter une répétition de l'expérience passée. Certains sont même d'accord pour dire que si les instruments de régulation se révélaient insuffisants, la politique monétaire pourrait être utilisée comme outil complémentaire.

À ce point de l'analyse, je voudrais souligner cinq des aspects « monétaires » de la bulle du crédit :

• L'expansion du crédit qui alimenta la demande intérieure fut un puissant contributeur de l'augmentation du prix des actifs. De surcroît, des prix d'actifs élevés engendrent des effets de richesse qui, à leur tour, alimentent la bulle du crédit (plus vous croyez être riche, plus vous êtes tenté d'emprunter lorsque le secteur bancaire – c'était particulièrement vrai aux États-Unis et en Grande-Bretagne – est capable d'« extraire de la valeur » de la montée des prix du logement). Un fort appétit pour le risque dans un environnement de taux d'intérêt bas provoqua une détérioration de la qualité du risque, un affaiblissement de la diligence raisonnable et des écarts de taux très minces. De plus, l'adoption de la méthode d'évaluation « à la valeur du marché » aggrava la hausse du prix des actifs et ses effets de richesse, puisque les profits « de papier » et les valorisations augmentaient quand « ça allait bien » et donnaient l'impression que les garanties étaient légion et de bonne qualité.

• Les faibles taux d'intérêt aux États-Unis (qui étaient même négatifs en termes réels de la fin 2002 jusqu'au milieu 2005) provoquèrent un cercle vicieux : plus les taux étaient bas, plus les risques pris étaient grands. En conséquence, la probabilité d'une crise augmentait. Lorsqu'elle éclata, la crise exigea à son tour de faibles taux d'intérêt afin de préserver le système financier.

C'est ce que l'on appelle le « piège des faibles taux d'intérêt[1] ».

• Le rattachement systématique au dollar d'un certain nombre de monnaies des pays dégageant un excédent structurel (Chine, pays du Moyen-Orient, etc.) entraîna un accroissement significatif de la liquidité et une baisse des taux d'intérêt. Personne ne peut nier qu'intervenir sur les marchés de change est une décision de politique monétaire. Le Fonds monétaire international et ses actionnaires ont permis l'accumulation massive d'un surplus de réserves libellées en dollars par les pays excédentaires, tolérant ainsi la déferlante de liquidités internationales.

• La dérégulation et l'innovation financières ont permis aux institutions financières (en particulier aux banques d'investissement et aux *hedge funds*) d'accroître leur effet de levier[2]. L'abus des opérations hors bilan (véhicules d'investissements structurés, « conduits », etc.) et la titrisation de produits complexes et opaques ont significativement conduit à l'expansion du crédit. Pour une quantité donnée de fonds propres réglementaires, ces institutions pouvaient prêter bien plus en accélérant la « rotation » de leur capital et sortir du bilan les prêts qu'elles avaient étendus à leurs clients. La conjonction d'une politique monétaire complaisante et d'une faible régulation a favorisé le développement de produits financiers (comme les emprunts hypothécaires à taux variable) avec des taux indexés sur les faibles taux

1. Voir Franceso Giavazzi, Alberto Giovannini, 19 juillet 2010 (© vox EU).

2. Les contrôles traditionnels de l'expansion des crédits par les banques centrales ont été éliminés dans les années 1970 et 1980. En 2004, les banques d'investissement des États-Unis ont pratiquement été exonérées des ratios de levier. Cette décision a joué un rôle majeur dans l'expansion des crédits.

d'intérêt à court terme. Cela a considérablement augmenté le canal de transmission de la politique monétaire et contribué à la crise.

• Les « bulles de crédit » (comme la bulle du logement dont les États-Unis ont fait l'expérience dans les années 2000) « peuvent être bien plus néfastes que les bulles qui ne sont pas financées par de la dette comme la bulle Internet[3] ». Le système bancaire en était de plus en plus venu à compter sur le financement en gros et la « finance de l'ombre » (*shadow banking*) qui pouvaient accroître leur effet de levier sans contraintes réglementaires. En conséquence, une bonne part de la bulle du crédit était financée à très court terme (essentiellement des prêts garantis à un jour). Tant que le prix des actifs était haut, les sociétés pouvaient aisément emprunter étant donné la valeur plus haute de leur garantie. Mais cet accroissement des emprunts conduisit à une surcapacité de l'économie, avec pour résultat final un ralentissement féroce. Lorsque le cycle s'inversa, la « spirale des pertes » eut d'énormes effets amplificateurs. En effet, dès que la valeur des actifs des investisseurs a dégringolé, leur valeur nette s'est effondrée, et ils ont donc vu leur capacité à emprunter diminuer. Il ne leur restait plus qu'une seule solution : réduire leurs positions en vendant des actifs dont les prix chutaient. Pour empirer les choses, les appels de marge et les décotes commencèrent à faire mal aux investisseurs lorsque les prix des actifs ont décliné, forçant la vente de ceux-ci, ce qui continua encore de déprécier les actifs et d'augmenter les appels de marge.

3. Voir Markus K. Brunneheier, « Bubbles, liquidity and the macroeconomy », *NBER reports*, 2010, n° 2.

Étant donné le haut effet de levier des banques d'investissement des États-Unis, on comprend à quel point le système financier avait sombré dans la dette (c'est-à-dire qu'aux États-Unis, de 1978 à 2008, la dette nette des institutions financières rapportée au PIB s'est élevée de 16 à 121 %). D'où les terribles conséquences provenant du cercle vicieux précédemment décrit. Quelqu'un peut-il raisonnablement affirmer que les cinq problèmes monétaires que je viens d'analyser n'ont rien à voir avec la politique monétaire et la responsabilité des banques centrales ?

Lorsqu'il y a une poussée de la liquidité et du crédit dans un environnement de taux d'intérêt faibles alors que l'IPC reste stable (en grande partie à cause du faible coût des salaires associé aux importations des pays émergents), tant que la flexibilité du taux de change ne peut plus jouer son rôle de soupape de sécurité, la seule issue est l'augmentation du prix des actifs. Les bulles ont naturellement accompagné les faibles taux d'intérêt et une posture monétaire asymétrique inappropriée. En effet, l'assouplissement de la politique monétaire pour éviter une récession a été décidé avec une rapidité et une détermination bien plus grandes que ce qui a été affiché pendant des périodes de resserrement progressif lorsque l'économie était en surchauffe. C'était une invitation au danger moral, puisque cela a créé les prévisions que les banques centrales prendraient des mesures correctrices en cas de chute du prix des actifs[4].

4. Voir le *Geneva Report*, Center for Economic and Policy Research et International Center for Monetary and Banking Studies, 2000.

Une illustration de cette approche asymétrique de la politique monétaire est l'injection de liquidité par la Fed pour prévenir en 2002 une tendance déflationniste redoutée, mais fausse. Cette surréaction a produit une bulle massive de la demande[5].

*

Pour éviter la répétition de tels événements, les banques centrales devront recommencer à surveiller l'expansion du crédit et donc les bulles.

L'objectif n'est surtout pas de « viser » les prix des actifs. Les banques centrales ne peuvent évidemment pas déterminer la « juste » valeur des actifs. Cette « cible » est souvent présentée par les défenseurs d'un *statu quo* des banques centrales comme la solution alternative. C'est en partie destiné à discréditer l'idée que nous avons besoin que les banques centrales réagissent suffisamment tôt à l'émergence de bulles.

L'objection est souvent que les banquiers centraux ne sont pas en position d'identifier une bulle.

Cela semble être un argument particulièrement faible. Vous n'aviez pas besoin de déterminer scientifiquement la « juste » valeur, par exemple, des maisons aux États-Unis en 2005-2006 pour savoir qu'il y avait une augmentation excessive des prix. Tout le monde le savait. Nous le savions certainement d'autant

5. Voir l'étude de John B. Taylor, professeur à Stanford, *Getting off Track. How Government Actions and Interventions Caused, Prolonged and Worsened the Financial Crises*, Stanford (CA), Hoover Institution Press, 2009. Le professeur Taylor affirme qu'il y a « une preuve évidente d'un excédent de monnaie pendant la période qui a mené au boom immobilier ».

mieux que nous pouvions prévoir l'inflation ou les écarts de production, ce sont des jugements considérés comme « normaux » que les banques centrales peuvent porter. Le National Bureau of Economic Research a récemment publié une étude[6] qui montre comment l'« augmentation du prix des maisons, la chute du taux des crédits hypothécaires et les refinancements plus efficaces [...] ont appâté les masses de propriétaires pour qu'ils refinancent leur maison et extraient de la liquidité de leur hypothèque en même temps, augmentant le risque systémique du système financier ». L'étude établit que ces trois tendances donnent des résultats explosifs lorsqu'elles sont utilisées simultanément. Elle montre que « l'extraction seule de liquidité de son logement peut être à l'origine d'une augmentation dramatique du risque systémique posé par le marché résidentiel aux États-Unis, qui a été l'épicentre de la crise financière de 2007-2008 ».

Que devraient faire les banques centrales devant des circonstances aussi inquiétantes ? Devraient-elles rester inactives ? Attendre l'éclatement et ensuite « passer la serpillière » avec une relance ? Au contraire, je crois qu'elles devraient « aller à contre-courant » et qu'elles peuvent utiliser différentes options politiques pour ce faire.

*

6. Amir Khandari, Andrew Lo et Robert Merton, « NBER : Systemic risk and the refinancing ratchet effect », *NBER Digest*, document de travail n° 15 362, décembre 2009.

Elles devraient aller contre le courant pour « améliorer la performance macroéconomique en réagissant systématiquement aux décalages du prix des actifs, au-delà de leur réaction aux projections d'inflation et d'écarts de production[7] ».

La raison de ce point de vue est que les bulles du prix des actifs créent des distorsions dans l'investissement, la consommation et l'inflation et mènent ainsi à des augmentations excessives puis à de graves chutes à la fois dans la production réelle et dans l'inflation[8].

La politique monétaire peut adoucir et modérer ces excès et fluctuations au travers de mesures sur le taux d'intérêt. Mon opinion est qu'une banque centrale réaliserait une meilleure performance si elle intégrait dans son processus de ciblage d'inflation l'évolution du prix des actifs, et pas seulement l'inflation de l'IPC et les écarts de production.

On devrait garder en tête que le coût des bulles peut être très haut. Le FMI a estimé sur la base de l'expérience passée que l'éclatement des bulles immobilières prend en moyenne cinq ans pour revenir à la normale, et est associé à des pertes de production qui peuvent atteindre 8 % du PIB.

Puisque les variations du prix des actifs affectent bien, et sont le reflet, des anticipations d'inflation, et étant donné que l'objectif des banques centrales est de limiter l'inflation, pourquoi ne prennent-elles pas en compte l'inflation du prix des actifs dans leurs instruments politiques ?

---

7. Voir Sushil Wadhwani, « Should monetary policy respond to asset price bubbles ? Revisiting the debate », colloque du SUERF, Munich, 12 juin 2008.
8. Voir FMI, *World Economic Outlook*, 2003.

Les banques centrales ont à leur disposition différentes options politiques :

1. Adopter une politique monétaire moins accommodante. Cela enverra les bons signaux au marché, rendra plus crédible la posture anti-inflationniste (dans sa définition la plus complète) et aidera ainsi à ancrer les anticipations futures des prix. Si le marché savait *ex ante* que la politique monétaire réagirait à des bulles émergentes du prix des actifs, cela pourrait réduire la possibilité de bulles.
2. Adopter des dispositions réglementaires pour modérer l'expansion du crédit en général ou dans des secteurs spécifiques (c'est-à-dire opter pour un provisionnement dynamique, augmenter les obligations de constitution de réserves, établir des règles plus rigoureuses en ce qui concerne les rapports prêt/valeur, etc.). Elles pourraient être utilisées comme alternative au point a) ou comme complément.

On pourrait objecter que le point a) est un instrument trop brutal pour empêcher l'explosion d'une bulle et que des mesures réglementaires ne sont pas toujours de la compétence des banques centrales. Ces arguments ne sont pas convaincants : les taux d'intérêt devraient être utilisés quand c'est nécessaire, pour aller contre le sens du courant, et les dispositions réglementaires devraient être mises en avant par les banques centrales si on exige d'elles qu'elles préviennent l'instabilité financière. C'est la raison pour laquelle le rapport du Système européen de supervision a proposé la création d'un « Conseil du risque systémique » regroupant les banquiers centraux de l'UE et les superviseurs pour détecter suffisamment tôt les risques systémiques et proposer des mesures précises (y compris réglementaires) pour les traiter[9].

Enfin, certains peuvent estimer que, si les banques centrales étaient responsables non seulement de la stabilité des prix mais aussi de la stabilité financière, cela pourrait entraîner des conflits entre les deux objectifs et pourrait affaiblir leur mission principale (la stabilité des prix) ou même leur indépendance.

Je crois, au vu de ce qui s'est passé ces deux dernières années, que ce n'est pas un argument convaincant.

Premièrement, les banques centrales ont traditionnellement la charge des deux missions. La pratique de ces dix dernières années ne devrait pas nous faire oublier les faits historiques de base. Par ailleurs, un certain nombre de banques centrales ont la charge de micro-superviser les banques. Deuxièmement, accorder aux banques centrales et aux régulateurs la responsabilité de l'action dans la prévention des crises financières ne peut que renforcer leur autorité (et leur indépendance). Et enfin, considérons les conséquences monétaires qu'aurait une inaction dans la prévention des bulles. Nous avons vu :

• Les effets de richesse des prix des actifs et les conséquences d'une expansion excessive du crédit : ils ont, en soi, contribué à la surcapacité, à la volatilité de la production et enfin ont affaibli les fondations d'un système financier stable (le processus de désendettement en cours aura des conséquences économiques négatives majeures en particulier dans les économies les plus

9. Groupe de haut niveau sur la supervision financière de l'UE présidé par Jacques de Larosière, Bruxelles, 25 février 2009.

endettées comme les États-Unis ou le Royaume-Uni). N'aurait-il pas été plus judicieux de les renforcer avant, ce qui aurait sans aucun doute été douloureux, plutôt que de laisser une bulle de crédit énorme grossir et éclater, causant une récession profonde et une poussée du chômage qui semble sans aucune mesure avec ce qui serait arrivé avec les hypothèses d'un renforcement précoce ?

• Une fois que le prix des actifs a commencé à chuter, tout le secteur financier s'est pratiquement effondré : il a fallu d'énormes injections de liquidité des banques centrales, à court et moyen terme, et l'aide publique. Nous voyons la difficulté qu'il y a pour les banques centrales de commencer à penser à une stratégie de sortie. Cette intervention massive et la politique d'assouplissement quantitatif sont-elles cohérentes avec une stabilité monétaire sur le long terme ? Certains craignent que l'inflation revienne lorsque l'énorme liquidité créée trouvera son chemin jusqu'au financement de l'économie réelle. Certains pensent que le degré de relâchement actuel indique plus un risque de déflation. Le fait que ces explications sont si différentes pose un nouveau défi aux banques centrales et à leur crédibilité.

Au final, il ne me semble pas y avoir de doute que la politique monétaire a contribué significativement à l'émergence de la crise.

Ainsi le moment est venu de remettre en question le « modèle opérationnel » de la politique monétaire qui a prévalu ces dix à quinze dernières années. Ses principes basiques ont été essayés tout au long de la crise et n'ont pas résisté à l'épreuve, c'est mon point de vue.

C'est quelque peu paradoxal, dans un monde où la complexité financière augmente, les banques centrales ont trop tendu à simplifier leur politique opérationnelle. Un unique objectif étroitement défini a prévalu (avec quelques variations limitées) : cibler l'IPC. Un unique outil politique a dominé : l'utilisation des taux d'intérêt officiels. Et la plupart ont fermé les yeux sur l'expansion du crédit et la poussée du prix des actifs. En fait, extraire de la valeur d'un prix d'actifs élevé est devenu l'un des instruments principaux pour certains décisionnaires pour soutenir la croissance. Nous avons vu les dangers de telles méthodes artificielles, destruction de valeur et récession généralisée. Je voudrais aussi souligner que ce « consensus » sur la politique monétaire est assez récent et que l'histoire des banques centrales nous fournit une foule d'objectifs et d'outils opérationnels plus détaillés.

À ce sujet, on peut observer que le ciblage de l'inflation tel qu'il a été pratiqué était basé sur des prévisions de l'IPC sur deux à trois ans. Cet horizon à court terme a eu pour effet de pondérer insuffisamment les décalages des prix qui sont à la source des bulles des actifs.

Contrairement au prétendu consensus et en évitant toute approche dogmatique, je considère que :
– la stabilité financière devrait être indissociable de l'objectif de favoriser des conditions monétaires stables ;
– les banques centrales sont capables de reconnaître et peuvent éventuellement agir sur les bulles des actifs[10] ;

10. Le prix des actifs significativement plus haut que les « fondamentaux » (c'est-à-dire la valeur actuelle de probables futurs flux de trésorerie) est un signe d'anticipation de l'inflation. Les banques centrales devraient essayer d'empêcher ou limiter de tels décalages pour améliorer la stabilité macroéconomique et limiter la taille de futures corrections des marchés.

– l'expansion du crédit devrait être suivie de près et modérée quand il le faut ;
– quand une action doit être prise, plus tôt elle est prise mieux c'est ;
– les mesures et les outils devraient être diversifiés (taux d'intérêt, réserves, changement de réglementation, etc.) ; de ce point de vue, les ratios prêts/valeur sont des outils puissants pour empêcher une expansion excessive du crédit ;
– ancrer les anticipations de l'inflation sur le long terme est crucial ;
– introduire une dimension anticyclique dans la politique monétaire (c'est-à-dire établir un provisionnement dynamique les bons jours et le réduire dans les mauvais).

Rien de tout cela n'affaiblirait l'indépendance des banques centrales. Au contraire, confier aux banques centrales un mandat de stabilité détaillé ne pourrait qu'améliorer leur crédibilité.

Le thème sous-jacent de cette analyse est que les institutions financières jouent un rôle fondamental dans les mécanismes de transmission de la politique monétaire. Cependant, les autorités monétaires n'étaient pas préparées, ni analytiquement ni opérationnellement, à prévenir ou à modérer les excès de l'expansion du crédit qui a fini par mettre le système à terre.

Un grand nombre de banques dans lesquelles le modèle anglo-saxon « octroyer et céder » prévalait fournissaient aux investisseurs des produits financiers opaques et mal compris dont les notes des agences de crédit étaient sans fondement. Cet approvisionnement en produits financiers complexes était satisfait par une demande croissante de la part d'investisseurs dont la liquidité était abondante, en particulier à cause de déséquilibres internationaux massifs et de taux d'intérêt bas. À travers le processus de titrisation, les banques pouvaient « réutiliser » leur capital pour octroyer et céder à nouveau[11]. Des taux d'intérêt très bas avaient, par conséquent, un effet de transmission beaucoup plus fort que par le passé lorsque les déséquilibres mondiaux, la titrisation de produits complexes, la mondialisation financière et l'existence d'un vaste système de *shadow banking* n'existaient pas ou peu.

Les conséquences étaient inévitables : plus la liquidité était abondante, plus le financement à court terme était facile à travers les marchés interbancaires et de papier commercial, pour les institutions (banques, fonds communs, fonds de pension, *hedge funds*, etc.) qui se sont engagées à investir dans ces produits financiers complexes.

La marée montait irrésistiblement mais les banques centrales se focalisaient sur l'inflation de l'IPC.

Il est à noter que les économistes avaient étudié avec soin et précision les dangers d'un « canal du crédit » dans les années de la Grande Dépression. Ils avaient à juste titre montré que les banques pouvaient être les transmetteurs majeurs et les « artisans » des politiques monétaires : les banques pouvaient resserrer leurs prêts à cause de défauts à venir, à cause du risque élevé des emprunteurs, et, par conséquent, à cause du coût élevé du capital.

---

11. En 2007, sur 24 000 milliards de dollars d'encours de crédit aux États-Unis, les prêts titrisés représentaient 41 %, alors que les prêts sur les livres de comptes des banque étaient de 35 % et les obligations de 24 % (source : IIF Capital Markets Monitor, février 2010).

Pourquoi alors est-ce que ces économistes n'ont pas fait plus attention, pendant les années de prospérité, au risque inverse mais symétrique que comportait l'attitude des institutions financières ? Leurs profits étaient artificiellement gonflés par les normes comptables, leurs effets de levier et leur propension au risque étaient élevés dans un contexte de taux d'intérêt bas, et les inquiétudes sur le risque du crédit des emprunteurs étaient réduites puisque la titrisation était censée « disperser » le risque.

Le canal de transmission du crédit était en fait beaucoup plus puissant que supposé. Effectivement, il a été mis en parallèle et amplifié par l'augmentation de l'effet de levier de certaines institutions financières (les banques d'investissement, particulièrement celles aux États-Unis, *hedge funds*, etc.) qui se comportaient comme des banques (en transformant des financements à court terme sur les marchés en actifs à plus long terme) mais en n'étant pas assujetties à des réglementations contraignantes comme les banques. Le résultat a été un arbitrage réglementaire énorme en direction des *hedge funds*, du hors-bilan, des placements structurés parrainés par les banques mais, en théorie, gérés de manière indépendante…

Ces « banques parallèles » se sont révélées être des « catalyseurs » de l'expansion du crédit et, par conséquent, ont contribué à détendre les conditions monétaires. La plupart avaient peu de capital et étaient surendettées. La garantie qu'elles ont fournie à leurs créanciers était dans beaucoup de cas d'une qualité douteuse (les CDO étaient souvent acceptées).

Lorsque les marchés ont finalement compris que les prix de l'immobilier baissaient, toute la structure a été réduite en miettes. La pratique honteuse des États-Unis d'accorder des prêts hypothécaires *subprimes* aux emprunteurs qui étaient connus des courtiers comme des banquiers et superviseurs comme incapables de servir leur dette est devenue publique. Les produits financiers basés sur des produits de prêts en *subprimes* dont des agences de notation ineptes avaient accordé des notes triple A ont soudain été vus comme ce qu'ils étaient : c'est-à-dire sans aucune valeur. Les banques et les *hedge funds* ont soudain perdu leur financement à court terme et beaucoup n'avaient ni le capital ni la liquidité pour survivre. Ces banques imprudentes devaient être sauvées à grands frais par les contribuables, et les *hedge funds* étaient sévèrement touchés pendant qu'ils aggravaient la chute des marchés à travers la vente de leurs actifs. La titrisation a pratiquement disparu. Loin de constituer un tampon institutionnel contre la chute des marchés, ce qu'elles avaient souvent été par le passé, les institutions financières étaient devenues tellement dépendantes des marchés financiers qu'elles ont été les premières à être affectées par la chute du prix des actifs et à accentuer la récession des marchés.

Et c'est ainsi qu'est réapparu le vieux canal « négatif » comme dans les années 1930. Mais personne n'a vraiment tiré la sonnette d'alarme dans les années de surextension.

Qu'est-ce qui explique cette asymétrie ? Est-ce la Grande Modération de l'inflation ? Est-ce l'illusion que les marchés ne chuteraient jamais ? Est-ce l'obsession de la déflation qui est apparue il y a quelques années ?

Est-ce à cause de la croyance tacite que les cycles avaient disparu et que les gains de productivité assureraient, pour toujours, une croissance potentielle haute et non inflationniste ?

Le moins que l'on puisse dire, c'est que la grande récession avec ses millions de chômeurs, ses milliers de milliards de renflouement, sa spectaculaire montée et la détérioration du bilan des banques centrales, ne peut pas être écartée à la légère comme le résultat de quelques accidents externes. Des questions difficiles ont besoin de réponses de la part des décideurs, gouvernements, banques centrales, régulateurs, superviseurs, tout comme des institutions financières. Il est essentiel qu'elles abordent les causes réelles de la crise (déséquilibres internationaux majeurs, politique monétaire inadéquate dans un contexte de bulles du prix des actifs, expansion excessive du crédit, manque de professionnalisme des superviseurs, procyclicité de la réglementation prudentielle et des règles comptables, liquidité insuffisante, levier excessif des banques d'investissement majeures et des *hedge funds*, mauvaise gouvernance menant souvent à des comportements moutonniers, biais et motivation court-termistes, etc.) et que les banques centrales participent vraiment à la stabilité financière, pour que le risque moral immense et inacceptable qui est un fléau pour le monde ne se reproduise pas.

Les efforts actuels pour réformer le système sont-ils adéquats ? Ce sont certainement, dans beaucoup d'aspects, un pas en avant dans la bonne direction. Mais l'accent sur l'augmentation de capitaux tampons dans le système bancaire me semble quelque peu déplacé. Un capital insuffisant était loin d'être la cause majeure de la crise. Une mauvaise supervision et la liquidité étaient les problèmes réels et nous devons y répondre d'une façon cohérente sans mettre en danger les fonctions vitales d'intermédiation et de transformation du système bancaire. Une attention plus grande devrait être consacrée à l'expansion probable du système de *shadow banking* qui tirera parti des contraintes plus fortes de capitaux des banques régulées. Et sans une surveillance macroéconomique internationale détaillée, les déséquilibres continueront de fleurir…

Dans ce contexte, la surveillance macroprudentielle devrait jouer pleinement son rôle en avertissant les gouvernements et les marchés des déviances naissantes ou des bulles. Espérons qu'ils rempliront leur mission avec indépendance, compétence et énergie.

Source : Académie des sciences morales et politiques, le 01/12/2010.
Traduit par les lecteurs du site www.les-crises.fr.

A-t-on vraiment tenu compte des intérêts et des besoins propres de l'Europe dans la définition de la régulation financière ?

Intervention du 23 novembre 2016 dans le cadre des conférences : « Régulation, supervision, compliance » (département d'Économie de Sciences Po Paris), Paris, Conseil économique, social et environnemental.

Poser la question c'est, malheureusement y répondre. Jamais, à ma connaissance, le problème n'a même été posé en ces termes.

Après le « tsunami » financier de 2007-2008 qui a suivi la crise américaine des *subprimes*, la réaction des politiques et des régulateurs a été dominée par les conceptions anglo-saxonnes et l'obsession – souvent insuffisamment réfléchie – du « plus jamais ça ! ».

Je vais en donner quelques exemples.

Il n'a jamais été envisagé de discuter – et encore moins d'adapter en le modulant – le « modèle unique » de régulation qui a été appliqué après la crise

• La crise avait amené les autorités américaines, anglaises, suisses, allemandes... à intervenir lourdement avec des fonds publics dans de très grosses banques.

Aux États-Unis, avec le système TARP (Toxic Assets Recovery Program) des banques comme CitiGroup, Wachovia, Bear Stearns ont été renflouées à grands frais. Au Royaume-Uni le Trésor a injecté massivement des capitaux publics dans des banques comme RBS, Lloyds TSB. Sans parler du renflouement de UBS[12].

• L'idée était donc de ne « jamais plus » exposer les gouvernements à être réduits à de telles extrémités. D'où :

– concentration des obligations de fonds propres sur les « *too big to fail* » ;
– avec une très forte progressivité des charges en capital pour les « Global Sifis » (Global Systemically Important Financial Institutions). Celles-ci devront respecter un ratio de capital de 13 à 14 % contre 8,5 % pour les autres.

Il aurait été justifié, cependant, pour les pays d'Europe continentale qui n'avaient pas eu à renflouer leurs très grosses banques, que l'on pose la question suivante : « Étant donné que le modèle européen de banque universelle intégrée a bien résisté à la crise et ne s'est pas traduit par le besoin d'aides publiques, est-il nécessaire, en termes d'obligations de fonds propres, de pénaliser les (grosses) institutions qui n'ont pas failli et qui, par ailleurs, financent une bien plus large fraction de l'économie que ce n'est le cas dans les pays anglo-saxons ? »

12. Les pertes totales de valeurs aux bilans bancaires en 2008 se sont élevées globalement à 4 000 milliards de dollars (soit 7,4 % du PIB mondial et 19 % pour les États-Unis).

Et pourtant le système GSIB a été adopté de manière uniforme, sans considération de ses incidences – dans certains cas négatives – sur les institutions européennes.

Le mécanisme de résolution des banques en difficulté a été adopté sans que l'on tienne compte de ses incidences pratiques sur les banques européennes

Si l'on intègre les incidences du TLAC[13] (différent, mais primant sur le système européen MREL[14]), les grandes banques devront détenir au total des fonds propres ou assimilés pour un montant de l'ordre de 20 à 25 % de leurs risques pondérés.

Ces obligations ne pourront être respectées, en pratique, par un grand nombre de grandes banques européennes qu'au prix d'une réduction de leurs prêts (*deleveraging*) et donc de leur capacité à financer l'économie.

Les grandes banques américaines (dont les fonds propres ont été « boostés » au lendemain de la crise par les pouvoirs publics qui ont pris en charge les actifs toxiques) sont déjà toutes à l'étiage de 20 %, alors que les grandes banques européennes – qui n'ont pas bénéficié de ce « boost » – ont, en moyenne, 5 points de leur capital à rattraper, ce qui va réduire leur profitabilité, et donc leur capacité à financer l'économie.

---

13. Total Loss Absorbency Capacity.
14. Minimum Resolution Eligible Liabilities.

Il faut, en outre, observer que la règle du *bail in* (mise à contribution des créanciers des banques) opposée à celle du *bail out* (renflouement par les contribuables) est très délicate à mettre en œuvre dans certains pays européens comme l'Italie où les apporteurs de capitaux bancaires (ayant souscrit des obligations émises par les banques) sont, en fait, des petits investisseurs *retail* et donc aussi difficiles à « taxer » que les déposants dans le cas de difficultés bancaires.

L'Union européenne s'est engouffrée, sans en avoir mesuré les conséquences, dans l'idée britannique d'une séparation des activités de banque d'investissement par rapport aux activités de détail

Le Rapport Vickers (2010) préconisait une telle séparation en obligeant les grands groupes à filialiser leurs opérations retail et, pour les protéger, à les séparer des autres activités.

Cette préconisation faisait suite au désastre subi par nombre de grandes banques anglaises en 2007-2008.

Bien que le groupe de Bâle n'ait pas suivi une telle recommandation (car les Américains ne souhaitaient pas risquer d'affaiblir de la sorte leur propre système bancaire), la Commission européenne (avec le Rapport Liikanen) s'efforce de l'introduire en Europe continentale. Une telle réforme ne pourrait qu'affaiblir les banques universelles européennes dont la force et la capacité de financer tiennent en grande partie à l'intégration de leur modèle (du fait du *cross selling* interne).

D'une manière plus générale, l'Europe ne s'est pas interrogée sur les questions stratégiques qu'elle aurait dû se poser avant de se lancer, de manière parcellaire, dans des réformes de grande ampleur inspirées des besoins anglo-saxons

Le président d'HSBC a récemment mis l'accent sur un vice important de la stratégie de régulation européenne : l'omission d'une réflexion et d'une définition *a priori* des modèles souhaités en matière d'acteurs financiers.

Il s'agit donc de remplir ce rôle et de se poser les vraies questions jamais formulées (dont les réponses devraient inspirer la réglementation) :

- priorité crédits *vs* marchés financiers ;
- taille des bilans (le modèle de banques consolidées à la française peut et doit être pris en compte), valorisé et non systématiquement caricaturé par l'assertion simpliste et jamais démontrée selon laquelle « *small is beautiful* » et « *big is systemic* » ;
- n'est-il pas aussi important de « dérisquer » une banque que de la forcer à accumuler toujours plus de capital ?

Les modèles souhaitables – auxquels la régulation devrait s'adapter tout en les sécurisant – doivent partir de la réalité, c'est-à-dire par exemple du degré de l'appétit aux risques des entreprises d'un pays comme la France (dynamique entrepreneuriale) couplé avec l'aversion aux risques des investisseurs, ces deux réalités impliquant la nécessité d'une intermédiation forte entre crédit, marchés et gestion.

Ce modèle, pour fonctionner, nécessite une bonne analyse des risques au bilan. Depuis Bâle 2 (dont les travaux ont commencé à la fin des années 1990), les banques internationales, au premier rang desquelles les européennes, ont centré leurs efforts sur l'analyse des risques, ainsi que le souhaitaient les États-Unis (dont un représentant présidait à l'époque le Comité de Bâle). Voulons-nous aujourd'hui, comme l'entendent désormais les États-Unis, réduire l'importance des modèles internes, et nous montrer sceptiques sur la connaissance détaillée du risque au profit de « règles standard » ? L'insistance américaine sur l'établissement d'un « plancher » de contraintes en capital (par exemple les banques ayant opté pour les modèles internes devraient, quel que soit le résultat du modèle, respecter au moins 70 % des obligations en capital des règles standard) pose un vrai problème pour l'Europe.

Les États-Unis ont, de plus, obtenu la création d'un ratio de levier calculé non pas sur les risques pondérés, mais sur le total du bilan. Ce ratio est particulièrement pénalisant pour les banques européennes, qui font de la transformation et prêtent beaucoup à l'économie[15].

*

15. L'ironie de l'histoire est que le système réglementaire actuel incite les établissements à adopter le modèle anglo-saxon : « *originate to distribute* », où l'actif des bilans est réduit par la titrisation (et échappe donc au ratio de fonds propres) alors que le modèle, plus sain, selon lequel les banques conservent jusqu'à l'échéance les crédits qu'elles ont octroyés, est pénalisé.

Le paradoxe de la réglementation du Comité de Bâle peut être résumé de la façon suivante.

Les banques qui ont failli en 2007-2008 – et entraîné des renflouements massifs – ne sont pas nécessairement les plus grosses. Ce sont celles qui ont trop concentré leurs activités sur des opérations de marchés et d'investissement.

Ainsi, on constate que toutes celles qui avaient dérivé plus de 50 % de leurs recettes totales à ces opérations ont subi des pertes considérables.

Mais aucune des banques n'ayant dérivé que 20 % (ou moins) de ses recettes à ce type de transactions n'a eu de problèmes.

Il faudrait donc que la régulation financière tienne compte de cette constatation en chargeant davantage les premières en exigences de fonds propres afin de les inciter à mieux diversifier leurs activités.

Or tel n'a pas été le critère retenu.

Au lieu de pénaliser la concentration excessive des activités, on a retenu la taille des établissements comme repère fondamental.

De ce fait, les institutions dites « systémiques », c'est-à-dire, en fait, les plus grosses, ont à respecter une considérable surcharge de fonds propres (13 à 14 % de capital minimum contre 8,5 % pour les banques non systémiques).

Mais, ce faisant, la réglementation n'a pas pris en compte, comme elle aurait dû le faire, le facteur – favorable – de diversification des activités de certaines grandes institutions.

Il en résulte un « biais » antidiversification dans la réglementation. La probabilité de défaut est notablement plus forte pour une banque concentrée sur les opérations de marchés. Mais la réglementation n'en a cure...

En d'autres termes, le modèle européen (continental) de banques universelles intégrées, diversifiées et peu risquées n'est nullement encouragé ni même reconnu. Ces banques-là sont traitées comme des « *too big to fail* » de type anglo-saxon dont les bilans, trop exposés aux opérations de marché, ont déclenché la crise[16] (sur les trente banques mondiales dites « systémiques », quatorze sont européennes).

*

En fin de compte, la situation est la suivante :

• En Europe, les banques financent les trois quarts de l'économie.

• Aux États-Unis, ce sont les marchés financiers qui assurent cette tâche alors que les banques ne représentent qu'un quart des besoins.

Par conséquent, toute contrainte réglementaire additionnelle sur le système bancaire a, mathématiquement, un effet économique trois fois plus élevé en Europe qu'aux États-Unis.

Le secteur bancaire européen est donc, de ce point de vue, plus vulnérable.

À cela s'ajoute que des organismes publics américains comme Fanny Mae et Freddy Mac achètent les trois quarts des crédits immobiliers générés par les banques, réduisant ainsi le degré de contrainte du ratio en capital (puisque le dénominateur du ratio

16. Voir ma déclaration à l'Eurogroup 50 du 30 septembre 2016, p. 9-11.

est diminué du montant des achats publics de crédits bancaires).

A-t-on tenu compte de ces inégalités dans la définition des obligations réglementaires européennes afin d'égaliser les conditions de concurrence ? La réponse est négative.

Dans un monde où le risque bancaire est spécifique, la « compliance » est globale et centrée sur un concept réglementaire inadapté à la réalité de nos pays européens.

Ce « suivisme » systématique de l'Europe vis-à-vis du Comité de Bâle (piloté par les Anglo-Saxons) est d'autant moins justifié en l'occurrence que le système bancaire européen est plus de trois fois supérieur en taille à celui des Américains.

Bibliographie

Philippe AGHION, *Repenser la croissance économique*, Collège de France-Fayard, 2016.

Philippe AGHION, Gilbert CETTE et Élie COHEN, *Changer de modèle*, Paris, Odile Jacob, 2014.

Philippe AGHION, Peter HOWITT, *L'Économie de la croissance*, Paris, Economica, 2010.

Sébastien BALIBAR, *Climat : y voir clair pour agir*, Paris, Le Pommier, 2016.

François BOURGUIGNON, *La Mondialisation de l'inégalité*, Paris, Seuil, 2012.

Antoine BOZIO, *Réformes des retraites : estimations sur données françaises*, thèse de doctorat, Paris, École des hautes études en sciences sociales, 2008.

COLLECTIF, *Investing in Change : The Reform of Europe's Financial Markets*, Londres, AFME, 2012.

Angus DEATON, *La Grande Évasion. Santé, richesse et origine des inégalités*, Paris, PUF, 2016.

Olivier GODARD, « Cette ambiguë adaptation au changement climatique ? », *Natures, Sciences, Societies*, 2010, vol. 18, p. 287-297.

Robert GORDON, *The Rise and Fall of American Growth*, Princeton (NJ), Princeton University Press, 2016.

Jacques DE LAROSIÈRE, *50 Ans de crises financières*, Paris, Odile Jacob, 2016.

Jacques DE LAROSIÈRE, « Les marchés sont encore dangereux », *Le Nouvel Observateur*, 10 mars 2012.

Jacques DE LAROSIÈRE, « Les bienfaits d'un véritable système monétaire international », colloque de l'Académie des sciences morales et politiques, *in* Jean BAECHLER, Jacques DE LAROSIÈRE, Michel PÉBEREAU, Jean-Claude TRICHET, *Recréer le système monétaire international*, Paris, Hermann, « Débat public », 2015.

Jacques DE LAROSIÈRE, « A-t-on vraiment tenu compte des intérêts et des besoins propres de l'Europe dans la définition de la régulation financière ? », présentation au Conseil économique et social du 23 novembre 2016.

Jacques DE LAROSIÈRE, *Thoughts on Monetary Policy : A European Perspective*, Washington, Group of Thirty (G30), octobre 2016.

Jean-Hervé LORENZI et Mickaël BERREBI, *Un monde de violences. L'économie mondiale 2016-2030*, Paris, Eyrolles, 2014.

Ronald I. MCKINNON, *The Unloved Dollar Standard. From Bretton Woods to the Rise of China*, New York, Oxford University Press, 2013.

Klaas KNOT, « Tilting the policy mix in the Euro area », *Keynote Speech*, Finanzmarktklausur Wirtschaftsrat, Berlin 26 janvier 2017.

Ivo MAES et György SZAPARY, *Alexandre Lamfalussy : Selected Essays*, Banques nationales de Belgique et de Hongrie, 2017.

Atif MIAN et Amir SUFI, *House of Debt*, Chicago, The University of Chicago Press, 2014.

Branko MILANOVIC, « Global inequality of opportunity : How much of our income is determined by where we live ? », *The Review of Economics and Statistics*, mai 2015, vol. 97, n° 2, p. 452-460.

Branko MILANOVIC, *Global Inequality : A New Approach for the Age of Globalization*, Cambridge (MA), Harvard University Press, 2016.

Michel PÉBEREAU, *La France face à sa dette*, Paris, Robert Laffont, 2006.

Michel PÉBEREAU et Bernard SPITZ, *C'est possible ! voici comment. Lettre ouverte à notre prochain(e) president(e)*, Paris, Robert Laffont, « Institut de l'entreprise », 2007.

Christian DE PERTHUIS, *Et pour quelques degrés de plus… Changement climatique : incertitudes et choix économique*, Paris, Pearson-L'Expension, 2011.

Robert PRINGLE, *The Money Trap : Escaping the Grip of Global Finance*, préface de Lord Skidelsky, Londres, Palgrave Macmillan, 2012.

CONSEIL D'ORIENTATION DES RETRAITES (COR), *Rapports* (http://www.cor-retraites.fr/rubrique3.html).

Gérard ROCHE, *Ramener durablement notre système de retraites à l'équilibre*, Paris, Sénat *Travaux Parlementaires* n° 624 du 15 juillet 2015.

Nicholas STERN, *The Economy of Climate Change*, Cambridge, Cambridge University Press, 2007.

Jean TIROLE, *Politique climatique : une nouvelle architecture internationale*, Paris, La Documentation française, 2009.

Table

DU MÊME AUTEUR
CHEZ ODILE JACOB

50 Ans de crises financières, 2016.

N° d'édition : 7381-3869-X – N° d'impression : 2540803L
Dépôt légal : mai 2017

Imprimé en France
JOUVE, 1, rue du Docteur Sauvé, 53100 MAYENNE